归 巢

西维 著

宁波出版社

图书在版编目（CIP）数据

归巢 / 西维著 . —— 宁波：宁波出版社，2019.7（2019.9 重印）
ISBN 978-7-5526-3573-7

Ⅰ . ①归 ⋯ Ⅱ . ①西 ⋯ Ⅲ . ①中篇小说—小说集—中国—当代 Ⅳ . ① I247.5

中国版本图书馆 CIP 数据核字（2019）第 122185 号

归　巢
GUICHAO

西　维　著

出版发行	宁波出版社
地址邮编	宁波市甬江大道 1 号宁波书城 8 号楼　315040
责任编辑	罗樱波　朱璐艳
责任校对	虞姬颖
封面设计	金字斋
印　　刷	宁波白云印刷有限公司
开　　本	880 毫米 ×1230 毫米　1/32
印　　张	6.5
字　　数	129 千
版　　次	2019 年 7 月第 1 版
印　　次	2019 年 9 月第 2 次印刷
标准书号	ISBN 978-7-5526-3573-7
定　　价	35.00 元

如发现缺页或倒装，影响阅读，请与出版社联系调换　电话：0574-87248279

代 序

逃离、迁徙与归巢

张玲玲

二〇一九年三月,西维在余姚办了一次个人画展。她的画作与其小说有着密不可分的关系。其中《大鸟》那幅,是一个女孩站在夏日绿色的原野,大鸟振翅而来。画作边的题注是《迁徙》结尾的文字。画作与语言都有着梦和预言般的意味:她看到的是大白鸟那样巨大而有力的翅膀,以及洒落于白色羽翼上夕阳淡金色的光。她想到了稻田里的白鹭。不管她看到的是不是真的,白鹭们就要来了。在这个夏天,它们成群地飞翔于稻田的上方。

比之最后,我更喜欢倒数第三段中唐姗的一段感悟:

时间悄无声息地流逝。不论她是否彷徨,它都不会等待她,不会等待任何人。再过十年、二十年,她不知道会待在哪个地方,做着不知道什么事情。在时间闪光的碎片里,她如果还能看到这个靓丽的傍晚……

我对这一段印象甚深,联想起许多意义的昭示,感到时间在身上毫不留情地流逝,并想起在许多感受并不平滑的时刻,却被某个靓丽傍晚的温柔暮色所笼罩。这些细小的生命时刻的重新发掘,可能是其小说中最重要、最美妙的部分,而非故事或者别的。

小说《迁徙》,讲述的是少女唐姗因为祖母去世,跟随舅舅一家生活,并转学至一所新的乡村中学。在学校,她语言不通,与周围充满隔阂,只能给一位叫陆小林的男同学写信,讲述当下的心境、奇怪的学校员工。她在此认识了一位叫沈如云的女友,女性之间的情谊为她提供了慰藉。(西维早期小说《风谷之旅》讲述两个性格不同的女孩儿的成人礼,在行进道路上相互支持鼓励。同样,沈如云的情谊也是一种切实的慰藉,胜过远处的男性笔友。)镇子静谧祥和、缺乏变化,外部世界于镇民仿佛是一个迷蒙淡远的影子。作为另一个较早来到小镇的移民,舅母跟随舅舅来到多马林镇,下半生将注定在这里度过,别无选择。但在对周围人的重新审视中,唐姗与小镇间却建立了一种更为亲密的关系。

《归巢》是另一种故事:姐姐茉莉强壮有力,在多马林小镇生活,怀抱着对自由的期待,跟人私奔至广州,但对方却因父母以死胁迫,又将其带回了家。与此同时,"我"和女友小丽发现一个身份不明的女乞丐,对其处境产生同情,并送去饭菜。但是因为女乞丐为示感谢,偷摘冬瓜送"我",导致被驱逐。想离开却又回来的茉莉,想留居偏被驱逐的女乞丐,两种命运产生鲜明对比。

《沉默的花园》讲述的是"我"回到故乡,看望暮年的母亲,在小城偶遇过去的几个好友。母女相处中的欲言又止和折磨,到了临别之际，最终又变成了一种焦虑与不舍。母亲的旧宅新修，新中却意味着回忆和习惯的消失，被简化而不再熟悉的"饥饿"两字也成了一种失落之语的隐喻。过去一代人和我们这一代的对话还能成立吗？《波光粼粼》讲述的则是回乡之旅，女主角和丈夫之间的关系身居悬崖之中，家族众人皆困顿难行，唯有在对湖面的温柔观看中，风才得以暂时止息。

这四篇小说的叙述视角，几乎无一例外，皆为女性视角，虽然故事不同、表达内核存在差异，但都关乎女性在各种处境里的选择，关乎她们的困惑与痛苦，关乎她们和男性、和其他女性之间的关系。很早之前，我们在谈论爱尔兰女作家吉根小说时，西维对我说，觉得吉根某些叙述"过度女性化"，这令我一直思考何为不十分女性化的叙述。是否因为吉根笔下的女性，例如《南极》，会因为一种身体欲望而寻求，而她更想找到那种生命本原的驱动：是什么令女性成为女性，而不是其他？她们的身份以何方式予以确定？

无论如何，当女性手握写作权柄的时候，她们总会试图为这片秘境说出一点什么，关于柔软的退让、压制的沉默，以及不会公开的隐秘：渴望逃开，但是最终会为外部所困，纠葛缠身，就算走出片刻，依然会被拉至原先轨道上。我们确实想知道，这些困境和悖论是如何形成的。但是，就算对于外部环境充满质疑和反抗，始终带有自然的天真和野性，这些环境却最终内化成她们心灵和身体的一部分，她们几乎很难抵御在此地去寻找别处精神空间的行为——就像唐姗,敏锐、敏感地观察周遭,聆听鸟语蝉鸣,观察花的脉络,试以洞悉人群的秘密,学会发现超现实视域以及自然的变形,才能聊以度过枯寂的小镇生活。她们对于将来一无所知,但是知道那种命运就伏于远处等待。我更喜欢这篇,可能因其更带有西维本身的影子,能够轻易联想起她的移民身份,从淳安到江西、从江西到东北、再从东北到余姚。那段定居和迁移的过去,空间几经流转,也在其生命里留下深浅不一的印痕,令我感到漂泊也许是女性根本的宿命。我们总会因为欲望、因为自由、因为情感,离开,再回来,或者融入彼处,直至成为新土的一部分。爱丽丝·门罗说,女性擅长以语言解释生活,我们在语言中感到差异和隔阂,也在语言里感到自身身份的漂流,同时也凭借语言,辨析个体存在的不同。就像那位退休老师一样,就像沈如云那样,他们自很远的地方迁徙而来,时间过去太久,习性与生活方式、面容普通得早已和本地毫无区别,但私下他们仍然使用另一种方言沟通。这种隐蔽、私人、不会被抹去的语言记忆以及语调,像嘶嘶作响的影子,投射在我们的生活里,成为确认我们从何处来的一种路径,也成为确认女性身份的一种路径。

多马林是她小时生活过的镇子,为马鞍镇的虚构之名。她说,离开之后很少想起,想起时也始终怀有一种复杂的心情,但在小说中,一切都合情合理。小说是什么?每个阶段有每个阶段的回答,每个人也有每个人的回答。我觉得可能对西维来说,小说是一种理解生活、自我求和的方式,那些角斗、困扰和试图避开的部分,最终都变成了能够宽慰的怀念。是否能给予读到它们的其他人同样的宽慰?我想必然会,毕竟它们都来自如此诚恳的自剖。

2019 年 5 月

目录
Contents

迁　徙　　　/001

归　巢　　　/051

沉默的花园　/101

波光粼粼　　/149

后　记　　　/196

迁
徙

1

虫子们在夜里叫着,织网一般地,近处远处密密稠稠连成了一片。它们欢快极了,就像这里的每一处自然的景物,不论白天黑夜都旁若无人地欢快鸣唱。

唐珊常常觉得她是能听懂它们的话的。这倒是挺可笑,但又不那么可笑。虫子们大概也像人一样,它们的世界即便没有人那么多的爱恨情仇,总有人那么多的生存琐碎吧!它们说的、交流的,无非也就是那一些。只不过,这里的虫子太多了,每一只的声音和每一只的重叠着,而每一只与每一只的又那么相似,让人觉得像是突然走进了一个热闹的集市。她想象着,从层层叠叠的声音中分辨着。在许多个宁静而又孤单的夜晚,她和陌生的虫子们一同进入睡梦。

在唐珊的房间——那一排于沉寂的夜里沉寂着的乡村中学教师宿舍中唯一亮着灯的房间,紧闭着的米色窗帘下,蓝黑色的墨水在白色的方格纸上流动,发出同样沉寂的沙沙声。她在写一封信。

信是写给一位男同学的。她转学到这里之后,收到的第一封信便是这位男同学寄来的。之前,在他们共同度过的初中的第一个学年里,彼此之间并没有什么交流,所说的仅限于传递作业本、收考卷、做值日你洒水还是我扫地这样平常而又无趣的话题。不过,自收到第一封信起,他们就像两个熟悉的朋友那样了,定期汇报各自的状况。信真是奇妙。在信纸的开头,她写下对方的名字,小林——陆小林,那个男孩的名字,小林就不再是原来那个陌生的陆小林了。她就可以和他说一些话。

"最近还不错,舅舅、舅妈对我挺好的。舅舅的要求还是那样严格。我上一次的数学成绩好像不能让他满意。我要多加油,最近在做妈妈寄来的一本习题集。但这里的人都不做什么习题集。可能是因为这里没有书店,他们买不到。买不到就不用做。多好。"

信里就说这样的话。忙完课业,等隔壁房间的舅舅和舅妈全都睡下,听到了舅舅的鼾声,她就拿出了方格信纸。

她用了很久,才改掉总是要撕掉第一张信纸的毛病。那太浪费了。这一沓信纸是在家里买好偷偷带来的。妈妈可不希望她写这么多的信。她的情况,舅舅会定期去信向妈妈汇报,全不用她的信纸去费心。在这个小镇买不到好的信纸。她去过镇上唯一一家百货商店后,就决定改掉撕第一张信纸的习惯了。哪怕对方的名字写得不好看,第一段写得乱,都不撕了。于是,她就有了花时间想开头的习惯。一个好的开头,是多么重要呢!写信这件事,比语文老师的话要有用十倍,她完全领会了。她决定了要写一封信,会花上一整天的时间想个好的开头,听课的间隙、课间休息上厕所时、吃饭时、和女同学聊天时,她都在想。想到了好的,她便专心地去做正进行着的事——听课,上厕所,吃饭,与女同学聊天。

她的信都不太长。方格纸写上两到三页,就结束了。花一个晚上的时间。写完放进信封,封好。第二天带到教室,中午吃完饭一路小跑到镇上的邮局,交给一个圆脸大眼的姐姐。然后她就放心了,松了口气,像是完成了一件大事。如果一晚写不完,要放到第二晚(在教室是不可能去写它的),那么那几张纸待在她的抽屉里,不管是夹在书里还是本里,不管是第几层,都不安全。信纸就像会长出翅膀,扑腾扑腾的,一不小心就飞到了舅舅或是舅妈的眼前了。那可真要命。

虫子的声音很美妙。听着它们的话语去写的那一封信,就好像虫子们的声音也成了信的一部分,银铃般地流淌在信纸上。不知道小林能不能感觉到呢?她不会在信里去写那些虫子。他会觉得可笑。虫子是只有她才喜欢的东西。唐珊总是在给小林写信时,停下来去听那些虫子的叫声,听了一阵子,才好像又有了继续的动力,也知道该怎么往下写了。

"数学老师的话我还是听不太明白。他总讲方言。后来好像为了照顾我,才说起了普通话,可他的普通话和方言一样难懂。我的数学考不好,有一半以上是因为他那听不懂的话。"

唐珊噘起了嘴,门牙轻轻划过口腔前壁的黏膜。

窗外传来脚步声。脚步声踏着虫鸣声而来,鞋底压摩着沙粒,沙粒翻动着。声音朝着她移动,很快又远了,最后消失不见。

它来自一个笨重的身躯,不用看,也猜得出是谁。唐珊对他朝着她走过来,并停留了数秒而耿耿于怀。他能透过窗户看到她吗?她拉着窗帘。自从第一次看到停驻在窗外的那个胖乎乎的模糊的影子,她就拉上了窗帘。

那个人叫黄光头,是学校的电工,住在与她的这排宿舍垂直相交的另一排宿舍中。他住一个单人间。他隔壁那个大套间,住了教导主任一家,再过去就是女生宿舍。女生宿舍的隔壁,是学校的发电站。

学校时常停电。在这荒郊野岭的小镇,小镇上荒郊野岭的学校,左边是山,右边也是山,哪有不停电的道理?老师们、学生们,谁都不觉得它是件麻烦的事。白天无所谓,太阳光可以好好地照明;而晚上,有黄光头,他会把学校小发电站的机器轰隆隆地开起来,轰隆一会儿,灯泡就重新亮了。所以,一停电,大家就想起黄光头。老师们会说,啊,停电了,让黄光头发电去。学生们会喊,停电了、停电了,黄光头快发电去。每当这时,就总有几个男同学偷偷溜出教室,跑到电站看他发电。

电也有发不起来的时候,那个机器太老了,又或者是黄光头的技术并不是那么高明。等汗衫湿透,电还没发起来的事也常有。发不起来就发不起来,夜还是照常地流逝,大家的生活并不会真正受到什么影响。

唐珊喜欢停电的日子。第一次晚自修停电,她就适应了那个每张课桌上都竖起一支燃着的蜡烛的教室。不单是适应,可以说,是喜欢上了。红蜡烛、白蜡烛,火苗闪动,每张脸都变成了另一个样子。

要是学校没有了黄光头,不也照样挺好的。他长得实在是太难看了——唐珊在信里写了黄光头,第一次写这个人,就用了这么一句评价。她想着,不能在小林面前随随便便说一个人的坏话,即使是她讨厌的。而长得难看这件事,那是客观存在的,他本来就拥有一副丑模样。因此,就不能算是说他的坏话。小林应该也不会那么认为的。

说了黄光头的难看,就不知道该再怎么说他了。至于他的发电水平,以及他宿舍离她那么近,常趁晚上出来尿尿时遛过来看她一眼这种本就有揣测嫌疑的事,就更不会告诉小林了。等她和小林通上一两年的信,这样的事才可以自自然然、随随便便地告诉他吧。

唐珊合上文具盒,将信纸折了三折,放进信封。信安然躲进书包的夹层后,她打了个哈欠,头开始昏沉起来。

2

"要是能感受到阳光的美,早起就不再是件痛苦的事。"

这是唐珊日记里的一句话,是在离学校最近的一个山头上写下的。那个矮矮的小山包就在学校篮球场的旁边。

到这里读书后不久,她就开始和这里的许多学生一样早起,并四散到学校各处晨读,包括教室、操场、操场边的山上。最初的时候,她起不来。在她家那边的学校,学生们是不用起那么早的,没有清晨六点三刻的早操,也没有早操之后的晨读课。舅舅要求她六点前起床,在早操前背英语单词,背语文课本,背数学公式,背一切可背的。她转学到舅舅这里,就是为了提高成绩,为了做优等生的。六点前起床,多理所当然呢。闻鸡起舞嘛,舅舅说。学校里的鸡很早就叫了。

一阵高过一阵的雄鸡啼叫声,日复一日。她在那声音里洗漱,在一个又一个清晨感受井水的清凉。

最初的几天,她在教室里晨读,就坐在自己的位置上,就像以前那样。她是个乖孩子,会按照家长的要求做——早起,晨读。教室里没有一个人,她独自待在那里,卖力地朗读。她的桌斗里没有一本言情小说,也不晓得琼瑶阿姨到底喜欢用长句子还是喜欢用短句子。这不重要,她几乎不关心这些,不像别的女生认为在这方面被限制是件多么了不得的事。她的确是自小就被限制了——不许看乱七八糟的书,尤其是言情小说,母亲视之为迷药毒草。她按着母亲的要求,不去碰它们,像遵从诸如"不许玩火,不许和陌生人说话,不许吃掉在地上的东西"之类的要求那样。她当然不会去玩火,不会和陌生人说话,也不会吃掉在地上的东西,一点不会因为没做这些而感到可惜。

她坐在教室里朗读,旁若无人。空旷的教室回荡着的声音让她产生错觉,以为她还留在以前的教室——那间更为明亮、宽敞、美丽的教室,屋顶挂了电扇,还有上一次中秋晚会留下来的亮闪闪的彩带的教室。那间教室与这间教室的距离,恐怕可以消耗一整天的时间——在学校前的马路上拦一辆开往县城的汽车,到达县城,再转一班可以开往她家乡的长途汽车。

第二周,她发现教室里如此空旷,并不是因为她的新同学都比她懒。他们分散到了这间教室,以及这幢教学楼之外所有可以分散的地方——教学楼后的池塘边、西门外的篮球场、篮球场边的山坡。而第一周,她就像从没看到那些人似的,那些人个个都身着隐身衣,透明地存在于她的周围。他们的声音也是透明的。可第二周,这些人、这些读书的声音,就突然间冒出来了。

她走出教室,去寻找他们的身影,走到了池塘、球场,最后是那个山坡。她喜欢上了那个山坡,并选了个没人打扰的地方,做了自己的据点。

唐珊站在被露珠打湿的山坡上,在清晨微甜的阳光里,真切地感受到她的学校生活发生了变化。她原来的教室,小林他们坐在位置上晨读、听课的教室,已经远去。她不再是他们中的一员。这不再是件多么遗憾的事。

接下来的一周里,她收到了小林的来信——从另一个教室,寄到这一间教室——多马林中学初二(3)班的信。

她在多马林中学还没什么朋友。语言不通,她听不懂这里的方言。而这里的每一个学生都只说方言,几个语文成绩好的女生(对,限于女生)会说几句普通话,那也像是为了和她做必要的交流而不得不说的,显得很生硬,生硬又羞涩。她的同学们更多的是看着她。他们喜欢看她。学校里的学生们很快都知道了她这个转学进来的、说普通话的女孩子。他们还说她长得漂亮。这是舅舅告诉她的。她想,她不过是衣服比他们穿得好点而已。她所在的那个县城比这个县城富裕。不过富裕并没什么好的,这让她显得那么不同,成了被打量的奇怪的人。不管她穿什么衣服,哪怕是件白衬衫都会被人议论——她的白衬衫上绣有浅蓝色的花边,在领口的位置。

她到山坡上去晨读时,一个隔壁班的女同学发现了她,似乎很惊喜,好像她是来看望他们的,又像是因为她加入了他们的阵营而高兴。"你起得好早啊!"她大声地说。唐珊点点头,笑了笑。对方也笑了笑,然后露出一副唐珊已经十分熟悉的因为语言不通而出现的羞涩表情。数秒的沉默后,唐珊说这里空气好。对方便接着问:"你喜欢吗?"唐珊说:"喜欢。"这个"喜欢"让那个女同学开心,羞涩的神情也不见了,如晨雾一般消散在清晨的阳光里。唐珊的回答就像是对她的另一种肯定,像是喜欢她这个人了。她便勇敢地成了唐珊的第一个朋友。

当晚,她告诉舅舅,她交了第一个朋友。她叫沈如云。舅舅说,那是教导主任的二女儿。从舅舅平淡的语气里,她不知道他是高兴还是不高兴。紧接着,话题被转换。

"今天碰到了你的英语老师。"

舅舅的白瓷碗里还有小半碗的饭。饭粒粒粒分明,静静地待在碗中,蓄势待发。它们即将跳跃,像浪潮,像火花。

唐珊轻轻地攥紧了拳头,身体前倾,靠紧了圆桌的边缘。

3

第一次见到舅舅,是唐珊小学三年级的那个暑假。舅舅高考刚结束。唐珊也随着在外地工作的父母迁回了他们的家乡。

在那之前,唐珊其实是见过一次舅舅的。只是她不记得了,不记得这个高个子、皮肤黑黑的、头发自然卷的大男孩。那个时候她还太小,舅舅当然不是她之后见的那个样子。或许是两个形象无法重合,她才不记得的。对小时候那一次回乡,她倒是印象深刻,因为走了很多的路,她穿的那双新皮鞋把脚磨得起了泡。晚上,外婆用缝衣针将她的泡挑破——那枚降服过无数件衣服的缝衣针在油灯上烧过后,迅速刺向她的水泡。疼痛和害怕也不知哪个更甚,母亲一直按着哇哇直叫的她。浑身的衣服都像是沾满了胶水,湿漉漉地粘在皮肤上。

她记得这次的疼,以及一直萦绕周身的药膏味(一直涂到她离开外婆家),却不记得舅舅。母亲说,舅舅那个时候很调皮,吃饭的时候都找不到人影,不记得他是再正常不过的事。

"皮到什么程度,你知道吗?哪天他把外婆的房子拆了,我都一点不奇怪的。"母亲的话无法对证。在他们把家搬回了老家，再一次见到舅舅时，舅舅早已不是当年那个调皮的模样了。

舅舅考上了高等师专，毕业后会做一名中学老师。这是一份好职业，一个好前程。大学生在那个算是富裕的县城也是凤毛麟角。没人再细说舅舅当年具体是怎么调皮的，只是说，他当年是很调皮呢。调皮成了赞扬的话，那意思就是，他当年那么调皮，也照样考上了大学啊，将来会是中学老师，教你们孩子的老师呢，他会把你们家的捣蛋鬼调教成国家栋梁。外婆的确是说过这样的话。但凡谈起舅舅，她总要提到他的美好前程，提到他曾经的调皮。外婆说舅舅可是个极聪明的人，有个好脑子。

舅舅的调皮对唐珊来说变成了一个传说。她因为好奇去翻外婆家的相册，想看一看那个曾经调皮的人。她看到一个陌生的男孩，一个从未在她的记忆里留下痕迹的人。在泛了黄的、有的还沾了些许污渍的相片上，男孩似笑非笑地看着她。她从两张面孔中找到了相似点——那副似笑非笑的表情。

那副似笑非笑的表情从照片上走下来，审视着她的行为——吃饭、梳头、发呆，甚至系个鞋带、哼一首歌，都是在这个表情之下。

舅舅很快在她母亲的授意下管教她，检查她的暑假作业，辅导她的数学课。他整个暑假都无所事事，除了吃喝玩乐，就是管教着唐珊。这项任务他执行得很好。或许，对他来说那根本不是任务。母亲隔三岔五地嘱托她弟弟管教自己女儿的话，不过是出于一位母亲的本能唠叨，他可以不用理会或者敷衍了事。可最终，就像他正在进行的任何一项吃喝玩乐的事业，这成了他日常的重要组成部分。

他是一位老师，从那个暑假开始就是了。

而唐珊的父亲和母亲，在回乡后各自的新岗位上，缓慢而又焦头烂额地适应着，那整整两个月，谁都没空来管她。她漫长的暑假，和舅舅一同度过。

那段时间，舅舅从图书馆借来了许多书。大部分是历史方面的，秘史啦、奇闻逸事啦，舅舅对这类东西十分感兴趣。吃喝玩乐和管教唐珊之余，他就看书打发时间。书放得到处都是，书桌上、床上、餐桌上，甚至唐珊写字台上摞着的课本上。一次，她趁舅舅不注意，随手翻上几页。此后一发不可收，她开始与舅舅玩起了捉迷藏的游戏。舅舅看书，她看课本、做习题；舅舅不在了、出去了，或是看电视、上厕所，她就翻上几页舅舅的书。她几乎做得天衣无缝。舅舅根本不知道她对他的那些书感兴趣。在舅舅面前，她对它们视而不见，它们就像一张桌子、一把椅子那么普通，即使每天和它们在一起，她的兴趣也不会在它们之上。有时候，她还会对那些书表现出排挤的情绪，似乎它们侵占了她的地盘——那张本就不大的书桌。

很多年之后，再回想那个暑假里发生的事，她甚至觉得，她当时根本就不是对那些书感兴趣，她只是个喜欢捉迷藏的女孩罢了。那个漫长而又无趣的暑假,她与一个根本不可能与她做游戏的人做了一个游戏。

不管怎样,她因此喜欢上了看书。而不像她之后的女伴们,只喜欢看言情小说。

她是个捉迷藏高手。舅舅怎么也想不到,他的外甥女看了与他一样的书。那些书,在它们回到图书馆之后的几年里,又陆续被她翻了出来。她偷偷地办了借阅卡,在舅舅"厮混"于大学图书馆时,她穿梭于舅舅曾经穿梭的县城图书馆的木质书架间。她一本一本把它们找出来,读完未读完的部分。

舅舅那样的人,是怎么喜欢上看这些书的呢?她明白自己是怎么沉湎于它们的,因为那个游戏。舅舅可能已经忘记了。即使她问,他也不一定会告诉她。其他人更不会了解,他们连舅舅怎么突然从调皮变得优秀都不知道。他的姐姐——她的母亲,是个寡淡的人,对于工作、家务以及唐珊学习之外的事一概不感兴趣。外婆似乎也一样。

因此,唐珊常常会思念她的奶奶——一个温和而活泼的老人。唐珊的童年是有声有色的。

要是奶奶没有去世,我们或许就不会搬家了吧?

在那个晨读的山坡上,她在日记本上写下了这句话。倘若如此,她也就不会坐在这里了。舅舅仍会是个离她十分遥远的人,就像对面远处的群山那样模糊,与她毫不相干,黑沉沉的一片。

4

这是一所极其普通的乡村中学,远处来访的客人大概也感觉不到它有什么特别,只是它群山环绕的远处有集镇、村庄,近处有农田、河流、水塘的一所学校。

就本地人而言,这是个特别的地方。这学校的教学楼,那一幢三层的楼房,曾经是这个小镇最高的建筑。学校还未建成,教室的木头门、玻璃窗还未装上,整幢楼看起来只像座有一个一个洞的碉堡时,就已经有许多人走很多的路来参观这一幢"宏伟"的建筑了。这幢楼一盖就盖了三年,是村里唯一称得上"建筑"的建筑。人们沿着没有扶手的楼梯,小心翼翼地爬上一层又一层,在没有栏杆的走廊上小心翼翼地走着,风呼呼地刮。他们从未登上如此高的楼,站在楼顶,就像站在旁边那个小山的山顶。即使视野内的景物并无多大变化,他们仍会觉得像是站在了云朵上,战战兢兢、满怀敬意。

沈如云说起了她第一次和父亲一起来参观这座楼房的情景,说高得让她害怕。她站在三楼教室门口的走廊上,扶着铁栏杆,和唐珊说着。都是六年前的事了。

这楼旧了不少。六年前可比这新多了,沈如云说。她刚来的第一年,就是住在这楼里。他爸爸在一楼有个办公室,里间就是宿舍。她跟过来上学,就住在那个宿舍里。等她的弟弟和妹妹都来了,妈妈也来了,学校就分了一个套间给他们全家。在黄光头的隔壁。

沈如云的话很多。与唐珊熟了之后,她就不在意自己普通话标不标准了,那些话滔滔不绝。而且,作为地主,作为唐珊的第一个朋友,她有着相当的优越感。她觉得自己有义务给唐珊介绍这个学校、介绍这里的每一个人,她理应成为唐珊的向导、唐珊的翻译,这比成为唐珊的玩伴重要得多了。沈如云有很多玩伴,但没有一个像唐珊这样重要——他们不需要一个向导、一个翻译。她们突然就成了彼此生命里重要的人。唐珊已经习惯于有什么不明白的就问沈如云了。她不去问她的舅舅、舅妈,而是问沈如云。沈如云待在这所学校的时间比舅舅、舅妈要长得多。

沈如云是沈如云,唐珊是唐珊。沈如云没有一个可以通信的伙伴,也完全不理解唐珊以往的生活,对穿皮鞋为什么不能穿花的尼龙袜而要穿白色的棉袜这事永远都无法理解。不过,只要沈如云愿意听,又很好奇地问,唐珊还是愿意把她以往的生活告诉她。可她的回答有所保留。而沈如云对唐珊的每个提问,总是倾囊而出,提供的信息远超于问题本身。

"黄光头是哪里人呐?他说话的口音可和你们不同啊!"

"他是隔壁县的,在这学校没盖之前就是我们的电工了。哦,那会儿学校在另一个更远更偏的村子边。那村子叫仙溪,有温泉呢!知道什么叫温泉吗?"

"听过。没去过。"

"我去过。仙溪的温泉可好啦!"

接着,沈如云放下了黄光头,和唐珊讲起了仙溪,还有仙溪的温泉,温泉的传说等等。她足足能讲半个钟头,把那温热得烫手的冒着汩汩的泉水和腾腾的热气,带着些许硫黄味的大汤池子说得绘声绘色,就像是在说着一大锅令人垂涎欲滴的美食。她那不标准的、夹杂着几句方言词汇的普通话,和她手舞足蹈的模样、咯咯咯的笑声一起,让那个位于不知名的远处的温泉变得迷人起来。即使在沈如云的描述里,那只是个简易的茅草棚子,或许,连扇像样的门都没有。

但那根本不重要。那是和唐珊家所在县城里的大众浴池完全不同的地方——一个没有隔间,没有细瓷方砖地面,没有花洒的大汤池子。那里的水和这儿所有自然活泼的河流一样,带着泥土的味道和地壳深处的气息。

"我带你去吧!"沈如云忘记了他的父亲是绝不会同意她一人跑去那么远的地方的,况且还是去泡澡。

"好呀,好呀!"唐珊满心欢喜地应答着,应答的时候和沈如云一同咯咯地笑。她也忘记了她的舅舅是不会同意她随便跟着一个什么人去那么远的地方泡澡的。而她的舅妈,这一辈子都不会踏足那简陋得连扇像样的门都没有的地方。

黄光头就在这一片水汽升腾中被遗忘了。直到那天晚上,唐珊回忆起沈如云话里的温泉,才想起了温泉话题的源头——黄光头。他到底是从哪冒出来的,那个总是把她窗外远处近处的沙粒踩得咔咔作响,夏天总是穿一件红色背心汗衫的男人?

接下来的那天是周六,又碰上镇里的集市,趁着舅舅和舅妈去镇上赶集,唐珊去了沈如云家。路过黄光头家门时,她好奇地朝里张望了一下。他人不在。黄光头的老婆端着盆子从里面出来,用方言喊了声唐珊的名字。唐珊便羞涩地点了点头。

黄师母把铝盆端到门口,坐在一把竹椅上准备刷鞋子——一双原本军绿,现已褪成了灰白色的解放鞋。它每日每夜与外面的沙粒摩擦着,是一双既普通又不普通的鞋子。想起黄光头,想起几乎每晚听到的嚓嚓声,她便觉得黄师母不是在刷鞋,而是在擦枪。那泡在盆子里、又蹩脚又灰头土脸破破旧旧的东西,竟然在每一个夜深人静的夜晚,穿越了阵阵铃儿般的虫鸣,飞到她的耳边,给她带来阵阵困扰。唐珊觉得不可思议。现如今,它出现在周末的阳光下一个主妇的洗衣盆里,显得惨兮兮的。

"嘿,黄师母在外面刷鞋子呢!"

猪鬃鞋刷卖力的唰唰声阵阵响起,唐珊又一下子找不到话题(每一次来沈如云家,刚进门时,总会有这种找不到话题的不适感,就像两个人才认识),就说了这样一句话。

"哦。是啊,她还蛮勤快的。"

接着,沈如云又接起前一天被抛弃的话题,谈起了黄光头的老婆，谈起了黄光头。好像这中间过完的时间没存在过，仍旧是昨日唐珊问完问题的那个时刻。

唐珊坐在沈如云家的竹椅上，手里卷着一张过期的报纸（她家没什么可玩的，也没有零食可以拿来招待），将报纸卷成各种形状，听着沈如云谈论着黄光头的往事。她的声音不小。但黄师母听不见，她在刷鞋，耳边只有节奏固定的唰唰声。

"这个老婆，是捡来的。他们从来没有结过婚办过酒。反正她就是来了。"沈如云说着从别处听来的传闻，好像她才是传闻的发起者，讲得绘声绘色，让人深信不疑。

听故事的间隙，唐珊拿起桌上的一支笔，在报纸上画起了沈如云的脸。她的嘴唇像两片多肉植物，丰厚，在滔滔不绝的话语中散发着粉艳艳的光芒。

5

学校分给老师们宿舍，也分给老师们一块菜地。老师们教书之余，也种菜。

从学校家属区南面围墙开出的一扇门出去，过了马路，走过一片布满低矮灌木的缓坡，再过一条一米宽的小溪流，在山脚下一片稻田的尽头，就是老师们的菜地。每人一小块，各自耕种着。

老师们的菜地和毗连着的农民们的稻田、菜地一样，繁茂地出产着各种菜蔬,静静地等待着时间流逝,度过波澜不惊的一轮又一轮春夏秋冬,优雅矜持,与校舍遥遥相望。

沾着粉笔灰的老师们去完菜地后,就带上一股泥土和汗水的味道。这味道将粉笔淡淡的石灰味迅速淹没。他们穿着汗衫、便鞋,戴着草帽,肩上扛着锄头从南边回来,进了校门,不论见到谁都会笑呵呵地打招呼。打着招呼,擦着汗。而在另一个时间,他们从另一个方向的西边的教学楼回来,夹着备课本,拿着粉笔盒,或急或慢地走向他们的宿舍,他们就又是另一副样子,身上带着教学楼森然的气息。他们带着这种气息,从下课后瞬间欢腾喧闹、左右奔走的人群中走来。

这是件有趣的事。即便是一些出身城里的老师,过不了多久,也开始花十二分的心思打理他们的菜地。蔬菜们似乎比学生更可爱,不惹他们生气。

唐珊也愿意跟着舅舅去菜地。舅妈几乎从来不去,她穿高跟鞋,通往菜地的那条田埂路不适合她的鞋子。舅舅有时便让唐珊去帮他的忙。

这时候,他变成了一个温柔的人。他小心地拔去包心菜周围的杂草,捉去他所见到的每一只虫子——青青的菜虫,花花的不知名的甲虫,还有会放屁的臭虫——他两指一弹,臭虫就晕乎乎地不知飞到哪个角落里去了。舅舅举起弹完臭虫的食指闻一闻,然后撇撇嘴摇摇头。唐珊在他的后面。他像是忘记了唐珊在他后面,专注地做着这一切,只是需要她时才像突然想起来似的,回头叫她一句。可叫了也没有什么事,他又回过头去做他的了。在这种不被在意和关注之下,唐珊显得很轻松,也因为这种轻松而愉悦了起来。菜地、菜地后面的山,都变得亮眼起来。不论当时是什么天气,即使是下着蒙蒙细雨——绿意穿过雨丝,如秋日阳光般充满温情。

此时此刻,他们远离了捉迷藏的游戏。唐珊倒像成了舅舅身边一个重要的人,不时会被需要的帮手。即使她做错了,比如把菜秧种得歪歪斜斜,舅舅也不会骂她。舅舅因为菜地而突然变得通情达理起来。

因而,一旦舅舅有需要叫她,不论是帮他种菜还是捉虫,她都兴冲冲地去做,真是比玩耍还有趣的事。她第一次触到菜虫软绵绵、凉冰冰的身体时吓得惊叫连连,第二次则勇敢地从菜叶上揪下它扔向远方,第三次已经可以从容淡定地观察它的花纹体态了。一直吝啬赞美之词的舅舅对她进行难得的夸奖——丫头胆子还挺大的,也是因为这些虫子。

而看到小小的秧苗一点点地成长,即使被虫子咬得千疮百孔(虫子永远也捉不尽),也能够开枝散叶,爬上预先搭好的细竹支架,最后开花结果,长出一条条的黄瓜、一根根的长豆角,这又是多令人感动的事。唐珊拎着竹篮子,将黄瓜、豆角、茄子摘下放进去的时候,总会不自觉哼起歌来。那不再是舅舅的菜地,而是她的菜地了。和那个晨读的小山坡一样,是属于她的。

既公开又私密的领地。舅舅对此是不知情的。他永远都不了解他外甥女的小心思,就像他永远都不知道唐珊有多么喜欢看书一样——那些因他的兴趣而起,又在她身上无边无际扩张开来的书。在他眼里,她是乖巧的,乖巧地顺从他,他让她做什么便做什么。让她去学习就去学习,让她早起就早起,让她多做一些数学题就多做一些数学题。包括周末去菜地帮他的忙,也是出于这种乖巧。她的乖巧可是他训练的结果。舅舅大概觉得很自豪吧!她是他的第一个学生,在他还未步入大学校园时,他的教师生涯就已经开始了。

有一件事,唐珊一直庆幸着:在这个学校里,她不是舅舅的学生。

6

他上课是一副什么模样?

集横眉怒目、谈笑风生、云淡风轻于一身的舅舅,是可以把历史课和政治课上得天花乱坠、如梦似幻的人。但有的时候,学生们的眼泪也会不可抑制地一桶一桶地流,像风雨里惨兮兮的小树苗。

"我的舅舅是一位优秀的老师。上学期,他们班学生包揽了年级段的前三名。所以学校让舅舅带了毕业班,他教初三了。而我还是初二的学生。"

在给小林的信里,她就是这么写的。她不愿意去讲舅舅的坏话。关于舅舅的传闻有很多,有从沈如云那里听来的,也有不经意间不知从哪里听来的。

舅舅永远都是一副自信满满的样子。

他从来不去和其他老师一块打扑克、搓麻将。

他每天捧着一本手掌大的英文字典读啊背啊,念念有词。

他尽可能地博览群书,把这个乡村中学他有兴趣的可以借到的书、报全都看了一遍。

他是好学上进的模范。

他的远大目标,是考上南京的一所重点大学,读研究生。他喜欢南京这个城市。南京……南京……我也蛮喜欢的。

他和这里所有的人都不同——和老师不同,和学生不同,和校长不同,和电工黄光头不同,和食堂蒸饭的陆阿嬷不同。

唐珊记下了这些。她观察他,像观察这里的某一处景物,像夜里倾听黄光头的脚步声。记下这些,也是顺手的事,就像顺手画下群山灰蒙蒙的轮廓及山坡上某朵茶子花初开的姿态。秘密而又默默地做着这些,是不多的可以令她感到心满意足的事了。

她想怎么写就怎么写。

她愿意把舅舅写得高大点。想着再过十年去翻这些东西时,她记下来的事,都是好的。尽管现在她有很多时候是讨厌他的。

我有时候很讨厌你。是真的。

7

这里的大部分人只知道这个镇子里发生的事,虽然他们也讨论时事。男老师们反复咀嚼着从电视、报纸上看到的内容。但那些东西就像课本的内容,比远处灰蒙蒙的群山的轮廓还要遥远、模糊。

这里很少有什么新的东西被带进来。他们都安于现状,没人想着要出去旅游、闯荡。节假日,他们待在家里看电视,去镇子上赶集,去菜地里忙活,或者聚众聊天、打扑克、搓麻将。镇上没有电影院,没有图书馆,连理发店也只有两家。一家是个五十岁出头的男人开的,他专给男人们剃头、刮胡子,技艺高超;另一家是一对年轻的姐妹开的发廊,会帮人设计新潮时髦的发型。年纪大的男老师会去前一家,年轻的则通常去后一家。对年轻的男老师们来说,这后一家是个好去处。姐妹俩从外地学来的技艺,在镇子上派上了用场。她们的见识也让她们成为与男老师们聊天的理想对象。

校门口的马路,曾经是条晴天尘土飞扬、到了雨天就泥泞满地的土路,现在铺上了柏油,成了省道,车辆来往挺繁忙。不过这些车子和这里的人、事、景物都没什么关联,它们急急地奔向它们的目的地,只在要临近饭点路过镇上时,司机们才在路边的那家多马林饭店吃饭,那是镇子上唯一一家像样的称得上是饭店的饭店,可以点炒菜,而不是只有馄饨、面条、炒米粉之类的速食。

饭店的卫生条件不怎么样,不过没人会在意。那些过路的旅人并不在意,吃完了就登上他们的卡车,踩下油门一路向前奔走。当地的人更不会在意。那已经是镇上最高档的地方了,一进门就可以闻到白酒香味的地方,门外是马路的尘土和汽油味,而跨进油腻腻的黑乎乎的门槛,混了油烟味的酒香就来了。那是炒锅里飘出来的,日积月累地和油烟味一起钻入了墙壁深处,再一点点持续不断地散发出来。走进厨房,那股味道更浓烈。

在多马林中学的第一个学期结束时,舅舅带着唐珊回家。唐珊的父母请舅舅和舅妈到饭店吃饭。唐珊要了罐椰子汁,服务员很快就给她端上来了。她拉开拉环,默默地喝着,听着大人聊天,谈论着多马林的生活,也谈论着唐珊的表现。唐珊想到的是多马林路边的这家饭店。她在那里会点一瓶汽水。那地方没椰子汁这种刚时兴起的饮料,汽水倒应有尽有,玻璃瓶装的,和她家那边卖的汽水没什么差别。

舅妈抱怨着他们的生活。那真是没有办法才去的地方。连抽水马桶都没有,厕所脏得要命,自来水也没有。从井里打水,我学了好久都不会呢。扑通,一个桶扔进去,还漂在水面上,拎着绳子左一摇右一摇,它还是稳稳地浮在水面上。后来说是要倒扣着扔进去。天呐!我怎么学得会?

情绪激动时,淑女般的舅妈也会发出细细的尖厉的声音。唐珊第一次听到时有点不习惯,那有点像粉笔中的硬颗粒划过黑板的声音,来不及捂耳朵早已钻入耳洞的深处。舅妈和舅舅吵架时也会发出这种声音。离开了多马林,她把在那里积攒了一个学期的抱怨全抖出来,即使是最普通温和的词语,也好像被这种时不时穿插的尖厉声音传染,而变得尖厉了起来。多马林的生活成了如粉笔中的硬颗粒划过黑板般惊声尖叫的生活。

对于舅妈夸张的表述,舅舅不去否认,仍旧是那副似笑非笑的表情。这让唐珊感觉到,即使他不赞同她的话,但她总是替他把一些话说了出来——他自己不可能会说的那些话。

舅妈喋喋不休地说着,唐珊则沉默地发呆、喝饮料,干些与聊天无关的事。除了声音,舅妈的举手投足一如既往地优雅婉约。她本来就是多马林中学最漂亮的女人。这是女生们男生们评出来的。他们私下里也总爱评论这个,和她原来的那些同学似乎也没什么区别。

舅舅是否对多马林还有爱意,她不知道,也许有,也许没有。她知道,舅妈是一点都没有。她和舅舅同一年被分配到了这个学校,背井离乡的,来适应完全陌生的生活。所有的习惯都与以往的日子相去甚远。在井边打水,被水桶气哭;一个人独自睡在教学楼二层的办公室兼宿舍里,听外面的风刮着教室的窗户呼呼地如狼嚎;晚上不敢去用外面的公厕,实在碰到不方便在屋里的小便桶里解决的事，就只好深夜去敲住在隔壁的舅舅的门，让他陪着她去。他们的爱情大概就是在诸多的不习惯不适应中生根发芽的。她不会主动同唐珊谈起这些，只在对无趣又无望的生活抱怨的时候，以往的点点滴滴才像破土的种苗，从这个和那个话题里钻出来。

唐珊并没有那么不喜欢多马林。不过，如果她在和舅妈同样的年纪时来到这样一个地方，是不是也会像她一样，每一天都想着如何离开，想到未来要永远待在这样一个地方就要大哭一场。她还小，未经历世事，没体验过什么美好和浪漫，没有看见过万千世界的姹紫嫣红，所以才没有舅妈那样强烈的反差。她的房间里也没有舅妈枕边的那种时装杂志。她的衣裙也没有舅妈的时髦。而且，她是迟早要离开这里的。这是迟早的事。她从来就没有和这里的一草一木捆绑在一起，陷入这里茫茫无边的天空大地之中。

这是她们之间的区别。

她有个未知的明天。明天要去哪里，谁也不知道。她还可以选择，选择她想要的。舅妈不行。她到了这里，就像被困在了这里，困在了这一片她无法倾注感情的陌生领地。所以她嫁给了舅舅，期待着他将她带向另一片天地。

在多马林，没有一个人像舅舅那样。他们随遇而安。舅舅却能捧着中学生都头疼的英文字典，背啊背啊，看一眼，读一读，然后仰起头，眼皮翻倒顶，翻到眼睛全剩下眼白为止。这就是他全力以赴认真背书的样子,不论是在家里,还是在他上课的间隙(学生自习时间),他都会这样。迷你小字典随身携带。

"要不是因为英语差,我早就通过了。"舅舅说。他说他整个中学就没有学过英语,说不能怪他调皮,因为整个班的人全部都没学。他在上课时给他的学生们讲述了他们中学英语课堂的混乱场面,对唐珊却只字未提。反正,他就是英语不好。现在,英语成了他的拦路虎。

舅妈对舅舅信心十足。她确定舅舅可以有更美好的明天。在这种美好憧憬的照耀下,多马林就越发地破烂不堪,越发地不讨人喜欢了。

8

女生们两两并排地走在春天的田野里。泥土松软,油菜田散发着迷人的清香,好像它们不仅颜色是金黄灿烂的,连味道也是如此,它们比任何一个公园里的花朵都更能代表春天,代表着这个季节可以给予人的抚慰。

她们要去摘油菜花。唐珊走在一群女孩子的中间。女孩子们围着她,众星捧月一般,不时提醒着她小心脚下的路,或是别让泥土弄脏了她的鞋子。她才不在乎呢。不过,她的新伙伴们可能不理解她的不在乎。

她们是与她以往的伙伴完全不同的一群人。她们感兴趣的事,她们谈天的内容,她们的羞涩与泼辣,都是不同的。这里的景物,这一片油菜花,这一片灰蒙蒙的群山,她以前都没见过。

现在,她和她们在一起,那么快就把过去生活中的另一些她们忘记了,快得令人费解。过去又好像近在眼前,一年前的生活还历历在目。她几个要好同学的生日会她都参加过,唱歌玩乐,在脸上涂蛋糕,用红色指甲油在牛仔裤上画玫瑰的事,就像是在昨天。可那已经是离今天十万八千里的昨天了。那些女孩现在做着与她完全不同的事。没有油菜花,没有软软的躲藏了成群蚯蚓的泥土。她们也不像她那么爱写信。

她们也许对失去她毫不在意。你看,她们没有一人给她写信。也许她们等着她的去信?她太普通了。她们几乎个个比她优秀。母亲是不允许比她差的女生和她交朋友的。那样的朋友来她家两次就不会再来了。母亲的热情就像向日葵的人脸盘,总是朝着优质的光线。来多马林之前,她从来都没有过被人争相认识的经历。

风自山谷的方向一阵阵地吹来,到处都是油菜花的味道,令人晕眩。

"我帮你戴上,一会儿你也帮我戴一朵。"一个女生说。

"很快就蔫掉的。"

"是啊。要是塑料的就好了。"

"纱巾做的也行啊!"

她们一个个地把花戴在了头上。

唐珊笑着。她低下头去闻花的味道。花粉沾在了她的鼻尖上。在让人沉醉的花的气息里，整个世界一片金黄，她谁也看不见，女伴们的声音像是在远处，所有的原本属于她、囊括她、影响她的东西都离她远去，像是什么都不想，什么也想不起来，闭上眼，世界就金黄一片。

她们走过油菜田，跨过溪流，走过菜地，又踏进一片什么也没种植的荒地。那里原先种了什么一点也看不出，一垄一垄的被绿色覆盖，上面是各种各样的草，有些开了黄色的小花，还有一些紫云英，多的地方一片一片，少的地方零星几株。唐珊指着脚下说："看！荠菜。""猪草。"女伴说。"我知道。"唐珊回答。沈如云家养的猪，在春天里就吃这个，沈如云和她妹妹拎着篮子拿着一柄像大号钩针一般的专用工具来挖它们。唐珊知道这是荠菜，她吃过荠菜饺子。因为好奇那荠菜的样子，她还特意去图书馆翻了植物图谱。因而，她在多马林的田野里与它相遇，便确认无疑、一见如故。当然，沈如云是不会叫它荠菜的。

唐珊想着荠菜饺子的味道，想着猪们每天吃着这个也还不错，猪的日子每天也是乐呵乐呵地吃了睡、睡了吃，除了每天关在猪圈里不能随意散步，也没什么不好的。

女孩们摘了许多油菜花。因为唐珊在，她们摘的比平常还要多，回到学校临分别时都要把花送给她。唐珊收下了，和女孩们告别。油菜花的香味一直伴随她到家属区。她没有走那条从教学楼方向通往家属区的水泥路,而是穿过一片布满各种杂草、小灌木的空地,空地的尽头是一位老师的住宅,他家的房子围满了绿色植物和花卉。唐珊喜欢从那些植物中穿过,回到舅舅的家。

她将一把油菜花放在了一丛蔷薇的根部,弄干净手上蛋黄屑般的花粉,回家了。

已经到了晚饭时间,饭菜的味道在整个学校穿来穿去。她回去得晚了,不少学生已经吃完晚饭拿着空饭盒、拎着水桶往井的方向去了。这天是周四,下午最后一节课不上,打扫卫生,没有轮到她。她和舅舅撒了个谎,说是轮到她扫除,她便可以有时间去油菜花田里转转。她想着提前一点回去舅舅应当不会说什么,却还是晚了。那片田野的气味让人晕晕的。

她小心翼翼地走回家——舅舅的家就是她的家——脑子里反复想着借口和托词,心怦怦地跳。在临近房门口时,一只从一侧的厨房飞出来的碗撞击在对面的墙壁上。她逃过一劫,不会再受到任何责骂。

也不用再往前走了。她心里十分清楚,到底发生了什么事。用不了多久,她家的周围就会围满了人。这些人都会放下手中的碗筷,赶到这一排宿舍最东边的一套。他们会为这对年轻的夫妻劝架。他们很擅长做这些。她却什么都做不了,只能站在一边,不知道是在看舅舅、舅妈的笑话,还是被人家看她的笑话。她手足无措,无所适从,不知道该放一副什么样的表情在脸上。她有点难过,却又不想把难过表现在他们面前。她想离开这些人,可又不能把自己关在房间里。舅舅、舅妈正闹得天翻地覆,舅妈哭哭啼啼,她躲在房间里,已经没办法再说话,除了哭就是哭。那些和这个家没有关联的人,正在为平息这件事而努力。

她还没吃晚饭,饿着肚子,又什么也做不了。舅舅像个着了火的野兽,对她的严厉责骂与之相比根本不算什么。那场景,她第一次看到,就想逃离。

沈如云会将她带走。这样的事发生了一两次之后,沈如云就在他父亲的授意下,将她领回了她的家。沈如云给她盛了饭,给她放好了筷子。饭是满满的一碗。好像他们觉得,在这样的时候,她更应该多吃点。

他们总是在晚饭前吵架。

这一次,她直接掉转了方向,朝着沈如云家走去。

她应该把那束花带来,插在沈如云家的罐头瓶里。

9

舅妈正整理着头发。从半开的门看过去,是黑缎般笔直的长发和苍白的脸。唐珊看着她,犹豫着,是不是应该走进去,和她说一声,她去教室了。晨间温黄的灯光下,舅妈的侧影很美。她不该打扰舅妈梳妆。舅舅不在。他们的房间整个晚上都悄无声息,像没有人住在里面一样,直到今天清晨,鸡叫过后,才响起了舅舅的脚步声——踏踏的拖鞋声。他早早地起了床,现在不知道哪里去了。

像以往这样的事情发生后那样,他们三个人整个晚上都没有相互说一句话。

天还没有全亮,太阳还没出来,整个学校从一两个人的说话声开始,慢慢地冒着水泡,汩汩汩汩,直到响起广播操前的进行曲,才整个沸腾起来。房顶垂下的瓜形灯泡温黄柔和的光,却把舅妈的脸色照得越发地苍白——在这个早晨,白得像山坡上开满的白茶花。唐珊看过去,这个反复梳着笔直长发的女人,她的舅妈,满身透着孤独的气息。她应该走进去,和舅妈说一句话。可她又该说什么呢?舅妈或许并不想看到她,而只想一个人待着。一个人待着,好好地把靠近眼角的青色瘀痕用她的长发遮住,过了一个晚上,那个瘀痕恐怕已经变成青紫色了。舅妈今天扎不成马尾了。她要好好地把那片怪异的紫藤花遮住,不让她的学生看见。上课时,也不能像以往那样随意甩头发,飘逸的长发不能够给她增添魅力了,它只能老老实实地像帘子一样垂于她右侧的脸颊上。舅妈今天穿了一件酒红色的长裙,这是她最好看的裙子。现在这样的天气,穿这样的裙子还为时过早,她得层层叠叠地套上两三双黑丝袜,再穿个外套才能保证不会冻到。床上还放着几件其他的衣服,它们很快就会被重新挂进衣橱。

理好头发,她又往身上喷了点香水。转头的时候,舅妈看见了唐珊。她站在门外的阴影里,对着舅妈笑了笑,说了声"我去教室了"。在对方点头回应之后,她转身飞奔了出去。

她没有去山坡上晨读,而是在教学楼后的水塘边闲逛着,没有了晨读的心思。她的心仍突突地跳。在这个家,她和舅妈本应该相互同情,她们都怕舅舅,在某些时刻,面对他简直像面对一个敌人、猛兽,可更多的时候,她们又都是需要他的。他给她们在这样一个陌生的地方提供了一个家,还为她们种植了一片菜地——一年四季供应着蔬果。他们也有欢乐的时候。那一次,唐珊得到了令舅舅满意的分数,也得到了任课老师的表扬,舅舅在晚饭后带她去散步,沿着校门前的那条马路一直走一直走,走得很远很远,天黑了也不停下来,车子一辆一辆从他们身边开过,也不知道要开往何方。舅舅谋划着她的远大前程,兴致勃勃。他也谈起他自己的大学生活,那些有趣的事情——只有在这个时候,他才会同唐珊谈起它们,就像在某节气氛活跃、兴高采烈的课上那样。他幽默、活跃、有趣,滔滔不绝,比在这条无限延伸的路上奔跑着的任何车辆都令人神往。他是个能带领你去往无限远处,去往所有未知世界的人,不会让旅途沉闷。那时,她既感动又骄傲。

此时此刻,她看着平静的鱼塘,再度想起舅舅这个人,又陷入深深的忧愁。他不知道到哪里去了,或许是跑步去了,或许找了个僻静的角落背英文单词去了。她不知道他去了哪里,也从不会问他要去哪里。

水塘养满了鱼。这就像个果园,鱼苗在特定的时间被投放进去,然后任其自生自灭,没有人喂养它们。等到了该收成的时候,用泵将水抽去大半,一张大网从一头拉到另一头,一网一网地将鱼全都捞上来,摊在食堂后面的水泥地上,有人负责将鱼们分成一堆一堆,然后编好号码,老师们抽签,将各自分到的鱼领回家。

唐珊没看到过这么盛大的场面。据说拉网的时候,年轻的老师们都喊着响亮的号子。不知道舅舅是否也会踩进底部满是黑色污泥的池塘,"嗨哟嗨哟"地喊号子呢?

水面平静得没有一丝波纹。天已经大亮了,学生们一个个从她的身后走过。黄光头的妻子拎了一篮子的菜过来,放在池塘边的水泥台阶上,蹲下了身子。她拨开浮在水面上的破损发黄的菜叶子,抬起头,对着唐珊笑了笑。

黄师母问了句什么,她说的是方言,唐珊从勉强能明白的几个词语中听出,是问及舅舅和舅妈的。她也是昨晚劝架的人中的一个,端着吃了一半的饭就去了。唐珊飞奔至沈如云家时,刚好碰上了她。唐珊连抬头看对方的勇气都没有,低着头看着对方的半碗饭和几条萝卜干,"嗯嗯"地答了句就跑了。

她希望有条鱼突然跃出水面,一条大大的青鱼或是鲢鱼,或者随便什么鱼。这样,她或者是黄师母,她们的目光都会投向那池塘——雪白的肚皮,甩起水花的尾巴,池塘里一层一层的涟漪。她便能从这种尴尬中脱身了。

10

小林,你好!我在这里快一年了,已经基本适应了这里的生活。我交了不少朋友,比以前还要多。这里的女孩子都很热情。舅舅、舅妈也对我很好。只不过,成绩方面总很难让舅舅满意。他的要求一向很高,因为他本来就是个优秀的人,他带的班级也是最优秀的。我想我要加油了,以后,恐怕没有很多的时间给你写信了。这真是件遗憾的事。不知道……

不知道越来越少的信是不是会让对方忘记了自己,又变成两个并不熟悉、会因为分别而彻底忘记对方的人。唐珊心里想着,笔下却是:不知道你是不是也这么认为。

他怎么认为,她并不清楚。她甚至不清楚自己在对方心目中的位置,他是否把她当成一个很重要的朋友。他不会把心里全部的想法告诉她的,她也不会告诉他。然而竟然也这样持续地通信了近一年。也许,这种你来我往的互动将来会因为什么原因停了下来,她肯定会难过的。那么,会难过多久?她还会去翻那些信吗?

进入初三,随之而来的学习压力,以及自我要求、舅舅的要求、妈妈的要求、任课老师班主任的要求,种种,都不能成为不再继续写信的理由,就像这些都不能成为她不写日记、不记录生活里的只言片语的理由。这就像吃一口饭，喝一口水，呼吸一片新鲜空气一样。

可她突然就做了即将结束的准备，这一封信里，处处流淌着离别的气息，意犹未尽，想说的话最终却未能说出口，不了了之地结束。自己并非是那样重要的人。而小林，在上两封信里也已经告诉了她，他有了个心仪的女生，他没有告诉她对方的名字，也没有告诉她具体的班级，或许那个女生她曾经认识或熟悉也未必。他有了喜欢的女生，她应该替他开心。她也在信里说了这样的话，却像是照着剧本念的台词。她不知道自己这是在做什么。她背着舅舅写了这一封又一封的信，而一封又一封，都像捉迷藏一样，被她好好地藏了起来。他绝对不会同意她与男同学通信的，不管信里写了什么。如果被他知道了，绝对会像只着了火的野兽。

那她干吗还要做这些呢？乐此不疲的。他们谈不上心灵相通。她每封信里都有很多公式化的内容，像答一道政治题目，一二三点。她只敢在这一二三点里透漏那么一点点她内心的真实想法，对方若非心意相通，是根本读不出来、猜不通透的。她不是在考验他。她只是需要这样一个人，一个写信的对象，哪怕是虚幻的也无所谓。写信是她一个人的事。

那么，她现在决定要停止了。这会让她伤感，会让她哭。她会在以后的某个时候，因为这件事、这样的决定、这其中经历的所有、这一整个漫长的过程而流下眼泪。那泪水到底有多纯洁、多晶莹清透，不会有人知道。

她可以早早地睡觉了。在完成必需的功课和舅舅额外的任务后，她不用再趴在那张红漆斑驳的旧写字台上，写一封给远方朋友的信，不用字斟句酌，不用看着眼前紧闭的花窗帘布出神。

她伸手拉开了窗帘，看着外面安静着沉睡着的一切。即使黄光头那个黑乎乎的将沙粒踩得如老鼠啮咬床脚一般"咔咔"作响的影子突然从她窗口跳出来，她也不再去怕它了。她到底在怕什么呢？怕黄光头吗？怕他偷偷地来看上一两眼，然后发现了她的秘密？他和她并没有什么关系。现在、以后，也不会对她的生活造成什么影响。这个异乡人，和她一样的异乡人，仅仅因为长得难看，就让她讨厌，让她用紧闭的窗帘当作反抗。

脚步声还未响起。她久久地凝视前方。深沉宁静的夜，在什么事情都不做、也没有什么事情要做的这一刻，它是美的。天气转凉，虫子们都沉默了下来。那个在夜晚唯一定时响起的声音也还未响起。

凉风吹了进来，她感觉到了秋天的凛冽。而更加凛冽的季节即将来临。在"飕飕"的凉意里，她的心头一颤。她发现，她突然同情了他——黄光头这个和她不相干、也从没讲过一句话的人，人人都讨厌的人。她不明白这同情是从何而来，在这一刻从她心底悄然升起，像是对待一条被抛弃在岸边即将渴死的鱼、一只没有了主人的野猫、一条断了腿蹒跚行走的狗。原本，她应该更讨厌的，就像学校里的其他人那样。

整个学校的人对黄光头的讨厌，因为最近风传的一件事又增加了——他半夜偷偷溜到女生宿舍,摸女学生的脸。或许不止摸了一个,也不止摸了一天;或许每晚他将沙粒踩得"咔咔"响,假装是去上厕所,实际上是在回来的路上溜进女生宿舍去摸脸;或许还有别的。谁都不知道。传闻虽然不是因猜测而起,可大家都将猜测见缝插针地植入了传闻之中;传闻像吸饱了营养而异常丰满,浩浩荡荡、来势汹汹又风尘仆仆地扫荡了学校的每一个角落。沈如云说,是她们班的一个女生最先告诉班主任的,然后班主任又去告诉了校长,但没等校长狠狠地训斥黄光头,这件事就已经传遍整个学校了。又有人说,这不是第一次了,他干过许多次,校长也训斥过他。但这样的事就像每到季节就生长的野草,野火烧不尽,春风吹又生。

他拖着笨重的脚步,将沙粒踩得"咔咔"作响。会有第二个人对这样的声音如此在意吗?那些被他摸过脸的女生们,唐珊想起了她们,想起了和她并排走在油菜花田里的女孩。她们或许会感到害怕吧,即使有那么多的同伴,仍旧是孤立无援,就像一个人孤零零地睡在潮湿而又黑暗的山洞里。

不管人们有多讨厌他,他的日子仍旧像昼夜轮换一般地继续,他要在人们的讨厌中生活。他要"嘿嘿"地笑,要瞪起凸出的眼球发怒,要和老婆吵架,要在停电的时候一遍又一遍地倒腾那个破旧的发电机。他要在这个地方生活。

她明白了。她的同情绝不是虚情假意。随后,她拉上了窗帘,关了灯。

11

学校要给老师们盖一幢楼房——一幢漂亮的宿舍楼,带卫生间,有自来水,可以铺上光洁漂亮的瓷砖,孩子们可以随意在地上打滚的楼房。楼房三层,每一套房子都是两室一厅的结构。

这与他们现在住的瓦房,以及教学楼里由办公室改装成的宿舍多么地不同,谁要是有足够的钱,就可以把它买下来,让它变成自己的房子,真正的居所。它不再是临时居住的屋子,不是你走了别人便搬进来的地方。你可以在里面装水晶吊灯,可以把墙壁漆成随便什么颜色,爱怎么折腾就怎么折腾,多好啊——沈如云和唐珊谈起房子时,就这么说。她说她想要一间(而不是一套)漂亮房间的梦已经做了很久了,自从看过校长家和棒冰一样光洁诱人的瓷砖地面,她就开始做这样一个关于房间的梦,上课开小差时、独自发呆时、晚上醒来睡不着时,就进到这个遐想中的房间,那房间的样子真是越来越具体了,如果她会画,可以把它画得和真的一样。但是,她当然不会画,就像她当然不会有那么一间房间。

"我想的是,再过十年、二十年,有那么一天,我搬进这样一个房子里住,而不是现在。"她看起来并不是特别的遗憾,或者她只是不想把这种遗憾表现出来。沈如云很少显现出苦闷的情绪,她的滔滔不绝总会把原本可以引起遗憾的事给不知道冲到什么地方去了。她擅长这个。唐珊也愿意看到她这样。就像现在,唐珊的舅舅在新的宿舍楼里已经预定了一套房子,而沈如云的爸爸却没有,他们还是住在紧挨着女生宿舍的那一套平房里。"我们家人太多了,新房子那么小的一套怎么能够装得下呢?还不如现在住的大,对吧?"她说。"对吧!对吧!"连珠炮似的喊了两句,就笑开了。

笑了几声她便停住了,表情却还保持着原状,像是在等待着什么,扬起的嘴角把肉都往颧骨的方向推,它们停留在那一处,不再动了。

"你姐姐还好吧?"唐珊觉得,沈如云接下来应该谈到她的姐姐了。姐姐这个词、这个人,在沈如云谈房子的时候,就始终在唐珊的心里打转转。

沈如云凝固在脸上的笑容经历了一个微妙的尾声之后,从她的脸上滑了下来。她说起了她的姐姐。她们一边聊着她姐姐,一边看着推土机把一排破旧的矮房子推倒,稀里哗啦地,砖头一块一块碎下来,扬起一阵阵尘土。

沈如云的姐姐是被她爸爸救回来的,从一个她们俩都不知道的外省的某个村子里。她姐姐在外地打工时和一个刚认识才两个月的男人私奔了,几年来杳无音信。就在不久前,她的父亲收到了一封信,姐姐在信里鼻涕一把泪一把地描述了几年来苦难的日子,并画了一幅潦草的地图。之后,她父亲单枪匹马冲到那个村子里把女儿救了出来。那封信唐珊在沈如云的家里看过，知道了那个许诺会爱她一辈子的男人在把姐姐成功拐带回家之后，是如何地让她洗衣、做饭、干农活，既当保姆又当出气筒。沈如云说姐姐写了好几封信，都没能够寄出来，那家人看得太紧了。

给唐珊看那封信，是沈如云的激动之举。心潮澎湃又不知道和谁去说的时候，唐珊上门找她来玩，她便自作主张地把那信从她父亲的抽屉里取了出来。她的弟弟和妹妹还太小，只知道在一旁看电视。他们看《金刚葫芦娃》，抢沈如云玩得不要玩的塑料洋娃娃。而沈如云已经喜欢上叶倩文的歌了，"红尘啊滚滚，痴痴啊情深，聚散终有时"，在女老师的宿舍里听几遍，她就可以时不时地来上几句。她从不把弟弟妹妹放在眼里，只觉得他们爱哭、捣乱，睡觉的时候不停地挤她，把腿压在她的身上，说梦话，磨牙，还有尿床。

看过信后，在这件事上，她们就结成了同盟。沈如云的姐姐被接回来的消息，唐珊也是第一时间知道的。沈如云连夜跑到她的窗户下"咚咚"地敲着玻璃，兴奋地又悄悄地说："回来了！回来了！"不到两天，这件事就已经传遍整个学校了。她姐姐最初还足不出户，躲着不肯见人。没过多久，她就打扮得花枝招展的到镇上去工作了——她爸爸给她找了个在粮店称粮食的活，每天嗑着瓜子守着一台磅秤。

或许是对女儿们并不抱什么期望吧，沈如云的父亲不会像唐珊的舅舅那样，对她的学习成绩吹毛求疵、挑三拣四。上了初三,她照样可以天天玩。即使她考不上什么好学校,他大概也有能耐帮她在镇上找一份混饭吃的差事,然后在他的眼皮底下把她嫁出去,别像大女儿那样令他操心就是了。唐珊的舅舅不太喜欢沈如云。他从来就不喜欢像沈如云那样的学生。你如果觉得太孤单,也可以找个伴说点话——他就是这么个态度。虽然他没这么说,唐珊知道他就是那么个意思。她们总有一天会分开,各奔东西,说不定这辈子再不会见面。舅舅不把沈如云放在眼里,他也不把这里的许多人放在眼里。看起来,他和所有人都相处得不错。可唐珊知道,他心里是怎么想的。

舅舅和他们聊天、开玩笑,是让自己的日子过得愉快些。而她也是和沈如云聊天,一起笑,一起打闹,一起分享些等级不那么高的秘密。

看起来,他们是一样的。想到这,她有点吃惊,却并没有排斥。

12

舅舅真正的聊天对象,只有一个,是一位退休教师。不知道从什么时候起,他就会时不时地去找他。舅舅去他的家里借新到的杂志,就一些话题聊一会儿,要么就一起散步,沿着校门口的马路一直走一直走。站在教学楼的三楼走廊,即使是远远看过去,从那两个并肩而行的身影,就可以看出不同——他们是不会那么快分开的,他们会一直走一直走,直到把想说的话都说完。而旧的话题结束,新的话题又会出来,他们真需要足够长的一条路。

他们看起来也像是偶然遇到的,然后走一走,聊一聊。而唐珊,也是偶然地看到那两个偶然碰到并决定长聊一段的男人。她像观察陌生人一样看着他们,舅舅就像一个陌生的人——这种感觉挺不错。在其他人眼里,他们还是他们,即使理了头发换了衣服。只有她知道,那是不同的。

舅舅失败了一次又一次,他没有要放弃的意思,继续着他想做的。那位长辈会给他鼓励,他了解他、理解他、支持他。他有着比舅舅丰富得多的人生阅历,他是个传奇,是舅舅在这个学校唯一敬重和佩服的人,舅舅可以从他身上获得某种力量。或许,远不止于她想到的这些。

如果是这样,那是多好的一件事。在这个地方,他便不会那么孤独。

她相信,他必定是孤独的。她想到她自己,独自站在某个山坡上,看向远处的群山,那延绵着不知道去向何处又不知埋藏了多少个村落的群山,想着那些她不认识的人,看不到的景物,正在发生的事。她在一个必定要离开的地方,却又不知道去向何方。这大概就是所谓孤独。这种情绪一直萦绕着她,寄居在这里的一草一木之上。她投射在这一草一木,那些渐渐熟悉了的景物之上的东西,经过了吸收、发酵、重组、自生自灭,再度反射回来,带着温和而又清新的山野气息。

她即将要离开这个地方。过完这一个学期,她初中毕业。

"我可以借这本书吗?"她问那位长者,那个退休教师,舅舅散步的伙伴。在学校的借阅室,教学楼的一间并不宽敞的房间里。当时,只有他们两个。

"这书是不借给学生的,你知道,学生的在另一个架子上。"他指了指另一边。

"可我想看。借给我行吗?"

他哈哈大笑。他的笑声部分穿越了门窗,传到了更广阔的空间里,部分又反射了回来,在小小的空间里回荡。

"你答对了我的问题,我就借给你。《一千零一夜》又名什么?"他说。

"《天方夜谭》。"她答得很快。

笑声更响了。他把书给了她。

13

唐珊穿过一片荒芜的空地。那片布满杂草、小灌木的空地,这两年始终没有任何的变化,只是中间蜿蜒穿行的小道路面被人踩踏得更加结实。走过空地,再走过一片植物茂盛的开放式小园子,便是那位退休教师的居所。

学校分给他一排平房中的一个套间。他的妻子在屋子一侧的前后空地上种满了植物——各种果树和花草。两株品种不同的桃树，一株栗子树，两株李子树，一株梨树；蔷薇、夜来香、美人蕉们在几年里蓬勃而迅速地建立了各自的领地，一片又一片的。这些地方原本和屋后的那一片荒芜的空地一样，尽是些柴草灌木。他们搬来后，他的妻子就每日在屋子周围忙碌，砍去了柴草，挖起了灌木的根部，将土理平整。之后，他们种上了一株又一株的植物。植物们分布得恣意而又散乱，显然没有经过什么规划。她像是漫不经心有一搭没一搭地做着这些事，得到什么种子就种什么，在集市上看到什么树苗就买回来，找个空的地方种下，最终养成了这片区域最美的花园。在这个地方，还没有人像他妻子那样真心实意地爱着花草。这里的人只种菜，打理着菜园子，偶尔在房子的窗台上放一盆不怎么需要打理的花而已。

他们看起来与这里的人是那么的不同。他们曾从遥远的地方迁移而来，但那些不同并非因那移民的身份。他们与沈如云的父亲是同乡，几十年前从同一个地方出发，长途跋涉来到这样一片土地。沈如云看起来和唐珊的那些普普通通的女同学一样。沈如云家的屋前屋后也没有一棵植物，连家里也不养。唯一不同的是，沈如云的父母私下里用一种有别于当地的方言在交流，而沈如云有时也用这样的方言和她的父母说话。

穿过蔷薇丛时唐珊停了步子——她曾在那放了一束油菜

花。她听见了琴声。他在弹琴,是电子琴。他用那双曾经弹钢琴、拉二胡的手,弹着一架电子琴。那个屋子里,布满皱纹的手在黑白琴键上轻巧却有力地移动。那是他女儿的琴,他买给他女儿的。她已经从这所中学毕业,去了外地求学。他用她的琴打发着时间。他的二胡坏了。据说一直没有送去修理(太不方便,又不知道去哪修),也没有去买新的。倒是这架琴,几年前他从县城花了他好几个月工资,风尘仆仆地背回来的大家伙(刚到的那几个月,总是引来老师们入室围观),成了他的好伙伴,是他如今唯一拥有的乐器。

厨房的屋檐下有一排柴垛,一根根劈好已经晒干了的柴整齐地垒在一起。唐珊在较矮的一堆柴垛子上坐下,听他弹琴。他比学校的音乐老师弹得好听多了。学校那台不停漏风就像缺牙老人似的风琴,无论如何也发不出这么悠扬动人的声音。

他还有个儿子留在身边。一个男孩,才上初一,每天都在外面玩。他不刻意拘束他。她在周六空无一人的教室里学习时,常常能从窗口看到他。他在教学楼下那个水泥乒乓球台上打球。她离开的时候他还在打。汗水从他黝黑的脸颊上滴落,球台上斑斑点点的。她想起她刚到这个地方,第一次见到他的情形——他坐在桃树下,用小刀抠着一个刚削好的陀螺底部。他在里面放一粒小钢珠,这样他的陀螺就能转起来。他用鞭子使劲抽,它就不停地转。他会希望它永远都不要停下来。如今,他长大了许多。男孩子总是长得那么快。才一年的工夫,就和她刚见到他时大不一样了。

有许多关于这位老人的传说。众人赞叹着他年轻时的才华,用一种略带惋惜的语调。除了那次借书,她和他从未说过话,也没交谈过。但这没关系。他存在于她在此处的生活中。她远远地看着他与舅舅散步,每天静悄悄地从他家的花园里穿过,听着他的琴声。

这是一首她叫不出名字的曲子,却又不是完全陌生的。她听着,想着自己的事。她也要毕业了,要离开了,离开这个地方,离开舅舅的身边,她还不知道她往后的选择是什么,是像这架琴的主人——那个女孩一样去上高中考大学,还是去读一所中专或是师范。她一点不知道,未来始终是蒙蒙一片,它存在于那里,却看不到哪怕微小的一块。

临近晚饭时间,阳光依旧无限地好。白天一点点被春季蓬勃生长的植物们拉长了。蜜蜂停在粉蔷薇淡黄的花蕊上,使劲抽动着腹部,一上一下一上一下,它在一朵花上停留了许久才离开。她从没这么认真地观察过一只蜜蜂,看着它从这里到那里。它辛勤劳作,与这花丛中许多看不到甚至不知名的虫子们一样。蔷薇根部的泥土上有蚯蚓的粪便,一堆一堆的,细细小小的颗粒。它们和泥土颜色相近,没人注意,更没人了解夜深人静的时分,它们是怎样一条一条从泥土深处钻出,爬过蔷薇丛,爬过这大大小小的路,再到另一片泥土。太阳升起后,人们什么都看不到,除了植物根部它们留下的痕迹。

时间悄无声息地流逝。不论她是否彷徨,它都不会等待她,不会等待任何人。再过十年、二十年,她不知道会待在哪个地方,做着不知道什么事情。在时间闪光的碎片里,她如果还能看到这个靓丽的傍晚,她所听到的琴声,她所看到的 —— 蔷薇、即将开放的美人蕉、蜜蜂、泥土、泥土上蚯蚓的痕迹、干燥的柴垛、青色瓦片,种种。假使如此……

她陷入沉思,直到听到有人在叫她 —— 是一个女孩的声音,从厨房的一侧传来。

她还未从沉思中回过神来,仍旧像睡着了一样,头微微低着,看着前方的蔷薇丛。片刻后,她转过头,看向拍了她肩膀的女孩。她看到的是大白鸟那样巨大而有力的翅膀,以及洒落于白色羽翼上夕阳淡金色的光。她想到了稻田里的白鹭。不管她看到的是不是真的,白鹭们就要来了。在这个夏天,它们成群地飞翔于稻田的上方。

(首发于《十月》2016 年第 1 期)

归巢

我在一个熟悉的梦境里寻找从我手上溜走的大青蛙。那是一片金色的稻田。那段时间，我总梦见稻田。

那家伙被稻浪染成金色，在稻穗顶端跳来跳去。我费了点力气，才揪住那条黏糊糊的肥硕大腿。还没来得及高兴，我就醒了。睁开眼，望见头顶白色棉纱蚊帐上那一滴变成黑褐色的蚊子血，我愣了一会儿，扭过头，看着梳完头正准备走出屋子的茉莉。

"睡了这么会儿就起来了？"

"都怪你。"

"说什么呢？懒得理你。"

茉莉漫不经心地望了我一眼。居高临下时，她的眼睛比平时更好看，呈现出一种明亮的灰。喜欢她的人也一定这么认为。虽然她不是什么漂亮的姑娘，大部分时候总给人一种傻兮兮的印象。她总也不能领会我的意思，不知道我在想什么。比如，她根本不知道我刚才抱怨的是什么。我刚刚才睡下。刚刚才做了那个梦。她起床吵醒了我，让我不得不放掉那只追了很久的大青蛙，回到这个乡村中学宿舍区一片破破旧旧平瓦房中普普通通的一间，看着那点不知道什么时候死去的蚊子的干枯血渍。就算我好好地和她解释，她也听不懂。这真讨厌。天还这么热，醒来更觉着热。

停电了。桌上那台座式电风扇也没了声音。

"电来了吗?"我问。

她没理我,朝着门的方向走去。

"要是电来了,等会就可以去看那个台湾电视剧。"我望向她的背影说。

我只是这么一说。电来了我也不去看电视。我要和小梅去山脚紧靠稻田的一片杉树林里转转,看看有没有从窝里掉下的小白鹭。昨天小伟捡回了一只,毛都没长齐全。

茉莉在门口停住,伸手拉了拉电灯的开关拉绳。灯没亮。她再拉了一下,甩了甩她刚编完的大辫子,迈着不轻松也谈不上沉重的步子走了出去。我看着她被花衬衫包裹的健壮背影,一把抹去自额头沁出的汗珠。

茉莉身材高大,不知道遗传了谁。我们的父亲和母亲都是一副普普通通的南方人的瘦小身板,包括我。或许是她胃口好,不像我那么挑食,有什么吃什么,把最普通的饭菜吃成山珍海味,呼噜呼噜,视线几乎不离开她的碗。所以,她的手臂浑圆结实,大腿粗壮有力,总像一棵橡树那样立在我的面前。我没见过橡树,只在书里读过,我想象它是一种繁茂高大而又有力的植物。

也许我应该庆幸有这样一个强壮的姐姐,因为能得到有力的庇护。Strong,每每读到这个英语单词,我都会想到她。可实际上,她总是搞不定自己的事,也给父母带来不少的烦恼——

甚至是麻烦。

她去教室复习功课了。空无一人的教室。现在是暑假。她得在开学前把忘得差不多的功课捡起来。她差不多有一年时间没坐到教室里了。

"一坐到那个椅子上,我的屁股就疼。"茉莉说。

父亲认为她是在说谎。母亲觉得她说的是实话。我也是。这回我站在她这边。她太可怜了,被父亲拿着棒子重新赶到学校里复读,读到考上为止。在父亲那里没得商量。就算茉莉的肩膀已经和父亲的肩头齐平,但那又怎么样?我们都是他的孩子,得听他的。至少学习这事是这样。

"是哪种疼?"我有点好奇,就问她。

"像一百只蚂蚁在咬。"茉莉回答。那会儿她坐在房间的高高的圆木凳子上,正梳着她拆了辫子后打着波浪卷的长长黑发。

"哦,真可怜。"我说,"那你现在疼吗?"

"不疼。"她说,边用力拉着塑料梳子,让那些梳齿勇往直前,将一些打了小结的头发扯断,"这不是教室里的凳子。"

"你不会懂的。"她瞟了我一眼,显得有点不耐烦。

有时候我会和她争辩,让她知道我的厉害——我怎么会不懂呢?我讨厌别人说我什么都不懂。

更多的时候,我学会了不争辩。和茉莉争辩没有用,她的脑子比她的身材还健硕、不灵巧——父亲这样形容她的脑子。我觉得形容脾气或许更合适。

我不该说她的坏话。其实我爱她,不是吗?我们同睡一张床。我病了,她会替母亲照顾我,在一个又一个夜晚。我在学校被男生欺负了,她会帮我去打架——她干过一次,让我隔壁班最后排那个和她一般高的男生流了两天的鼻血。

　　不过,我从没和她说过我爱她。我没和她提过爱这个字。这挺肉麻的,就像台湾电视剧里男人和女人之间说的那样,即使课本里教过——爱父母、爱姐妹,和爱祖国一样神圣。但我不会说出来,兴许是因为害羞。或许是吧。

　　她爱我吗?不晓得。

　　有时候,我会想想这个问题。我从不想我父亲或是母亲是否爱我。这问题不用想,我也不好奇。茉莉不一样。姐姐有别于父母。不是吗?

　　这是个美好的暑假,对我来说,对我们——我和我的玩伴小梅来说。那时候,我们住在多马林中学的家属区。我们的父亲在那所初中当老师。多马林是一个南方小镇。它和别的南方小镇有什么区别我不清楚,我没去过别的什么镇。但我挺想搞明白多马林和别的镇子有什么不一样,不是想知道它的特殊,而是想知道多马林之外的事。我不想从电视里看到。电视里每个镇子都和多马林不同,但总体上它们看起来都差不多——像故事里的镇子。我问从别的镇子来这里教书的老师,让他们告诉我他们家乡的事情。不过,他们对这样的事不像我那么感兴趣。况且,多马林比他们的镇子要穷。他们会为此抱怨几句。

镇子离学校很近,翻过一个小山包就是。沿着学校前面的那条大马路走二十分钟,也能到。我和小梅总是翻过学校西边的那座小山包去镇上,从西门出来,穿过篮球场,然后上山。走在山的脊背上回过头,就可以看见教学楼铅灰色的楼顶,以及楼顶银色旗杆上的国旗。要是有风,国旗就会飘。

这是我们每天上学走的路。有时候我们也会变通一下,从西门走出后不穿过篮球场,而是走沿着围墙的那条小道,从山脚下绕过去,跨过一条岸边长满了粉白色野蔷薇的小河沟,踏在一条柔软潮湿的田埂路上,穿过几块稻田就到了镇上的养猪场,穿过养猪场的房子再走一段就到了镇子上的粮店了。我们经过几个高大的谷仓,从一排水泥台阶上下来,就到了镇子的水泥马路上。不过,我们不常走这条路。养猪场有狗,不止一条,我们也没去数到底有几条。它们出现时,我们就尖叫着逃跑。如果我穿了红色的衣服,它们会叫得更欢,直到把我们追到田埂上为止。

真是惊险刺激的经历。我们会因此而迟到。迟到就会被罚站。站在教室外面是很丢人的事,尤其是对于我这样从不会因为别的事情受罚的好学生。不过,有时候我们需要这样的刺激,时不时地要和那些狗会一会。即使是在周末,我们也会相约到养猪场猪圈后面的那个背阳的小土坡上玩,扯一些长在苔藓丛里的肉嘟嘟的多汁肥美的草。要是狗群不出现,我们可以待到吃饭时间才回家。

我们的日子就是这样。无忧无虑。也可以这么形容。我们才上小学，没法理解大人们的愁绪。况且，那些对我们来说也没什么重要的。我偶尔会同情一下茉莉，仅此而已。大人们——我们的父母，那些从镇上、村里和别的镇子来的老师们，每天上课、备课、批作业，管着一群被田间的日头晒得黝黑的学生。其余的时间他们就看看书、读读报，下地种菜除草、喂养鸡鸭。要买东西，就去赶镇上三天一次的市集，在那里可以买到漂亮的衣服和美味的猪肉。

厌烦了这种一成不变的生活的时候，就盼望着一些来自外界的新鲜而又有趣的东西，比如放电影的、耍猴的、拍相片的。像是怕我们这些孩子太无聊，这些人时不时地就会光顾我们这个地方。不管是他们中的哪一个来到这里，都会围上一群人。放电影的来了，一些耳朵尖的学生大老远就听见了他那辆摩托车的突突声，于是就在二楼或是三楼的走廊上张望，发现了他的身影就会大喊，之后冲下楼等着那辆摩托车开到他们的身边。耍猴的偶尔也来，虽然学校不那么欢迎他，但也还是会让他的小家伙为那些爱热闹的学生们表演一两个节目。学生们没钱，他的小家伙就伸手向老师讨钱。老师如果高兴，会给他；要是不高兴，没等他伸手就走开了。

说到底，最受欢迎的还是拍相片的。这里方圆几十里只有一个摄影师——如果可以称之为摄影师的话，他定期背着他的那台黑色相机来拍照片。即使是穷学生也愿意为一张彩色相片花上一些钱。这会是他们的珍藏，在毕业的时候送给重要的人或者喜欢的人。老师们，尤其是女老师们，当然也愿意为她们的相册增添一些靓影。我的玩伴小梅就总是往她隔壁的林老师宿舍跑，除了欣赏她写字台上一字排开的那一堆气味芬芳、造型精致的化妆品瓶罐，就是请她打开抽屉，让小梅看一看她的相册。那时候的人，请人到家里来玩，参观家里的摆设倒是其次（其实除了电视机、双卡录音机，也没什么像样的摆设），主要是看一看主人的相册。那代表着他精彩的履历，去过哪些地方都会拍张照。比如去了西湖，就在湖边拍张照，付好钱，留好地址，照片过段时间就会通过邮局寄过来。小梅家隔壁的林老师就去过许多地方，再加上她爱美，每次都喜欢穿上漂亮衣服拍照。她相当于这个学校的流行风向标，女老师们只要看她穿什么，就知道外面的世界开始流行什么了。她不是本地人，穿得再光彩，也不会有什么人说闲话。这里的人觉得，只要你是来自外面大地方，不论是小县城，还是省城，就有资格穿得和别人不一样。就好比，你要是朵牡丹，就有争奇斗艳的权利，但是山上的野山茶却没有。

小梅盯着那些照片，常说的话就是："林老师，这衣服还在吗？你怎么不穿啊？你穿吧，多漂亮。"

我们在女老师的宿舍里待着时，茉莉常常听了父母的吩咐来叫我去吃饭。她不像别的女人那样在校园里到处喊名字，而是默默地一处一处地找，找到女教师门口时就立在那里，大声地叫我。她从不进来，一次都没有过。即使女老师热情地招呼，她也只是站在门外，背着手，手指间可能有些动作，比如相互交缠、按压——我猜的,我看不见。或许是谁曾教过她,令她害羞,要么就是因为成绩不太好而有些自卑。不过她的脸上可一点也没有自卑的影子,被太阳晒够了的蜜色皮肤泛着平静的光泽,只是在拒绝的那一刻有一点局促。"不了。"她摇头,继续背着手。"走啦,快点。"她会催我。等我快走到门口时,她便向前跨一步拉住我的手,是拉,而不是牵。

她的手很有力,比我的手也大许多,冬暖夏凉。她拉着我,等到从宿舍的走廊里出来,被太阳光温暖地照射,或是抬头便能看见天上那灰扑扑的云层时她便松开,自顾自急急地往家走。我跟着她,一前一后。

除了玩过家家、扮古装,我和小梅大部分时间都混在外面。尤其是夏天,即便热,阳光下也总有水渠和树荫。

我们在山脚紧靠稻田的一片杉树林里逛了一圈,没发现我们要找的小白鹭,没有鸟儿不小心掉下来。它们的窝悬在我们头顶的枝叶间。厚实的草窝。草窝上方是夏日里碧蓝的天空,那里浮着一些东游西荡的云朵。

我们拎着那只本来打算放鸟的小塑料桶,蹲在收割完稻子的田里挖泥鳅。食指顺着褐黄色柔软泥土上的一个个小眼往下钻,直到碰到滑腻腻蠕动的小东西。不像水中的鱼,它们被困在柔软芳香的港湾,只等着我们的手指把它们扔进桶里。

"你姐姐是不是病了?"小梅一边抠着小洞一边问我。

"胡说。谁讲的?"

她抠出来一只扁扁圆圆的虫子,满脸厌恶地用力甩掉。

"胡师母说的。她也是听别人说的,说是那种病。"她用沾满泥巴的食指指了指自己的头。

"她女儿才有病呢!脑子有病!"我气呼呼地站起来,面向不远处的那条小溪。

我看着那头,不去理原本与我头碰头抠着小洞的小梅。我是生气了,可我不是生小梅的气。

对面的山那边吹来一阵热烘烘的风,临近傍晚的天边开始变得好看了,云彩已经被逐渐西斜的太阳染上了颜色。

我看着那些云,突然有些懊悔,干吗对小梅这样凶。

我低下头,望了望放在小梅膝盖边的小桶,发现下午的收成颇为可观,意味着餐桌上会多出一盆红烧泥鳅。等母亲烧好,我就分出小梅的那份给她端过去 —— 她妈的菜不如我母亲烧得好吃 —— 在某些时候,我愿意称呼我妈为我母亲,以示区别。

"小丽,她嘛……是有点。哈哈哈。"我看泥鳅的时候,小梅像是自言自语似的说,晃了晃那绑了两个小辫的脑袋。她的头发真黑,和茉莉的一样。这种头发梳什么辫子都好看,真令人嫉妒。

"啊!她下午好像看到我们了。"她抬起头来看我,显得有点担忧。

"什么时候?"

"就是我们从男生寝室离开时,她就站在西边路口的泡桐树下,不知道在干吗,就是看着我们。"

"怎么不早说?"

"没来得及嘛……要是发现了怎么办?"她突然站了起来,握紧了拳头,食指在拇指窝里蹭着,泥星子一点点掉了下来。

"没关系。她只是想找我们玩。你看她什么都没做,就肯定没发现。"

"嗯。你说没有就没有。"她若有所思地点点头。

"她要是看到什么会来找我们的,对吧? 她以前干过。"

"嘿嘿……你那时就说她有病。"

"对! 哈哈!"

胡老师的女儿小丽,我说她有病只是因为讨厌她。她长得不好看,也没有一般女孩子的乖巧,有时候还有点霸道。她要什么就非得要什么,可是友谊是要不来的。她要和我们玩,就会赖在我们的家里,甚至坐在地上不起来,我们赶都赶不走。她会哭。一哭,我们的母亲就来了,还有她的妈——胡师母。她说:"你们就不能和她玩一下吗?""她比你们小,让着她点。"我母亲说。小丽不哭了,盯着我们,等着我们的回应。如果我们松口,她立马就从地上爬起来,站到我们的身边。这个也要,那个也要,但凡好的都要。唯一一块缎面床单得给她围着做裙子,我钟爱的假珍珠项链也得戴在她脖子上,我还得帮她把那一头粗硬的头发编成五股麻花瓣。有一段时间真是摆脱不掉她,她总是跟着我们。跟踪。先是远远地站着,看明白了我们在干吗就过来要求加入,若是发现我们正在做什么大人不允许的事,或是偷拿了什么家里不允许拿出来的东西，比如妈妈们的高跟鞋，或者是爸爸们的英雄钢笔，她就更来劲了。"不同意，就告诉你们爸妈。"她说这话时有点横。有一回，我实在受不了，就打了她一巴掌，不是脸，而是耳根靠下脖子那里。我有点犹豫，一犹豫手就滑了。

她哭了，但是没告诉她的父母，也没告诉我们的父母。反正之后的几天，我们谁也没受到预期的惩罚。

那之后，她就总是远远地跟着、看着，不再走近。

至于这天下午她是不是真的发现了我们做的事，我也不确定。想到这，我挖泥鳅的兴致也淡了，一屁股坐到了一边田埂柔软的杂草堆上。

那个女人来的那一天，具体点，是暑假第二周的某天，我和小梅一起从菜地回来，每人手里拿着一个从小梅家菜地里摘的甜瓜，走近学校南门时，听见一个女人的叫喊声。那声音很大，却有些含混，伊哩乌卢说着我们听不明白的话，还伴随着一阵男人的呵斥。

我们跑向那声音的来源处，看到卧倒在胡老师家门口水泥走廊上的女人。是个乞丐。这倒不是什么新鲜事。那会儿时不时地会有乞丐进到学校里来，通常是兜一圈就走，也不知道这些乞丐要到什么地方去。我和小梅曾经讨论过，乞丐一路讨饭，最后会去到哪里？他们有没有一个终点？应该是没有。没有一个像我们各自的家那样的地方。要是有家，就不会出来讨饭了，对不对？乞丐有男有女，年纪通常比较大。一般来说，他们总能找到愿意给饭的人家。比如说我母亲，只要家里有剩饭剩菜，她都会好好地招待。她不吝啬。学校里也有吝啬的。不过，单身的年轻老师家一般没那么多剩饭。而且年轻的单身女教师见到乞丐都怕得要死，碰到穿得太破烂、身体太邋遢的，还要把女教师吓哭。比如躺在胡老师家门口的这个。

这个突然造访的、让那些年轻的男老师女老师皱眉头却又无可奈何的女乞丐，没有人知道她的来历。她比任何一个乞丐待的时间都长，看起来不像是一个过路客，倒像是来这里借住的。是啊，这里有那么多空荡荡的教室，学生放了假，就连个人影都没有了，随便找一间遮风避雨都是好的。即使是夏天的风雨，于那些无家可归的人也有冰冷刺骨的一面。别的乞丐没想到在这里安营扎寨，但是她想到了。她和别的乞丐不一样，连乞讨的方式也和以前来过的乞丐不同。她不像他们拿着碗，低着头，弯着腰轻声说，饿了，给点吃的吧。她显得霸道得多，她推开教师宿舍的门，闯进来，半边身体靠在墙边，然后一屁股坐下，就算这地是刚扫过的。她用我们都听不太懂的方言，反反复复地说着差不多的话，大意就是要吃的。如果不给，她就一定赖着不走，她可以从早晨坐到晚上。

这让人厌恶又害怕。林老师都不敢开门了，连衣服都不敢再晾到宿舍后面支起的竹竿上。她怕女乞丐趁她不注意，把衣服偷走。我和小梅倒不觉得她会看上林老师的衣服，她要的是吃的。现在是夏天,只要她不冷,就不需要林老师的衣服。喜欢林老师衣服的人是小梅,而不是那个女乞丐。

男老师提及她也要头疼。她有种不管不顾的力气,不会扑到他们的身上,可会躺在他们家的地上。在我们这里,家家户户白天都不关门,即使是到自留地去干活了,门也不关,她轻易就能进来。可又不能为了防止她进来而把门关上。不睡觉、大白天的把门关得紧紧的,就好比把自己关进笼子里,任谁都觉得不舒服。除了单身女老师的宿舍,其余的门依旧大敞着。主妇们只是把厨房的门给拴上了。可这个乞丐不偷。我从没听说过她真的溜进哪间未关门的厨房,把锅里的饭或是罩在竹制防蝇罩下的菜偷走。她只是明目张胆地用她的方式乞讨。

她每天出入于我们周围,成为我们的麻烦和谈资。

"你看看她的样子。啧啧啧!"主妇们谈起她来是一副厌恶的语气,或许也有同情——偶尔的,稍纵即逝的。她们觉得,即使是一个女乞丐,也不应该这样不整。她的头发像被扔在垃圾桶里的乱麻绳,上面夹着杂草、树叶和做窝的昆虫。她的衣服(如果还能称之为衣服的话),除了一条红色的、布满破洞的、勉强可以用来遮羞的衬裤之外,上身穿的只能称之为布条——风一吹,就能刮跑的布条。布条之下,是泛黄发黑、被一根一根凸起的肋骨死死地顶住的皮肤,以及如两个空口袋般在胸前晃动的乳房。

那张脸,每日出现在人们面前,用来乞求食物的那张脸,模模糊糊的,被披散的发丝遮住。除了那双空洞却让人紧张的眼睛，谁也记不住她具体的样子。

"她有病吧？应该是有病，脑子不对了。"某师母说。

"对啊。不然的话怎么会这样，衣服也不穿好。"

"啧啧啧。"

她们会在她身上编些故事。没有了学生的吵闹，主妇们也无聊了不少。不过那些故事都是假的，连道听途说都谈不上。没人和她说过话，更不用说聊天。

我也害怕她，只远远地看着她，仿佛她是夏日的某个雷雨天不知从哪里刮来的另一个物种。

她常常被老师们从一家赶到另一家。没人愿意看到她，但又赶不走她，她每日都准时出现。

那时候茉莉刚回到家不久，看起来她是唯一对那女乞丐不闻不问的人。她正陷入自己的忧伤之中。不去教室学功课的时候，她就待在房间里翻看那本她最喜欢的相册。那里面是她的甜蜜和自由。

"好看吗？"每每我忍不住好奇，朝她的桌子探头时，她就会转过来，以少有的耐心和笑容问我。

"好看。"她喜欢我这么回答，况且我的回答是出自真心。她不能问父亲这样的问题，母亲也不行，也不能拿着这些照片去给别的什么人看，即使是她之前的玩伴也不行。那几个同样年轻的女孩看她时，已经用了另一种眼神。这连我都能看出来。她没有了玩伴。没人愿意和一个胆大到可以背着父母与人私奔的女孩来往。况且还是广州那么远的地方。

这一度让父母觉得丢脸。母亲连续几晚都抱着我哭。比起丢脸,她更担心茉莉被人骗了,或者是被人卖了。即便都没有,这么小的一个女孩子到那么远的地方,怎么能够照顾好自己呢?又靠什么养活自己?那是连母亲都没去过,而且也不敢独自去往的城市。虽说镇上或是一些村庄里有许多年轻人跑到那边去打工,但她们认识茉莉吗?会照顾茉莉吗?会把茉莉的消息带回家吗?

父亲气冲冲地去了那个把茉莉拐走的男孩家里。那个老实巴交连字都不识的老农民为自己第三个儿子做的蠢事不停地道歉,而男孩的妈则是一个劲地哭。可道歉有什么用呢?哭也不顶事。他儿子和失踪了一样,出走时连个字条也没留——留了他父母也看不懂。倒是茉莉,留了一封信在她的枕头上。总之,她搞得和她看过的电视剧里那些离家出走的女孩一样,连信里的语气也是那种"女儿不孝,暂时拜别父亲和母亲大人,和心爱的人远走高飞"的腔调。

"你说,你姐姐怎么舍得啊?"母亲哭的时候总会问我。她想姐姐想得难过了,就把我紧紧地抱住,不知道她是把我当成了姐姐,还是害怕我也会像姐姐那样跑掉。我可没有她那样的胆。我做过最勇敢的事也不过是挨了父亲一顿骂生气了跑到同学家去,在同学母亲好吃好喝招待下过了一个上午和半个下午就急匆匆地跑回了家,结果挨了父亲一顿打。那是父亲第一次打我。我发誓再也不离家出走了。这是件很没劲的事情。要是想证明什么应该还有别的法子,只是我一直没能找到。这么说来,我倒是有点佩服茉莉。她做了我这辈子都不敢做、也不会去做的事情。

"我过得挺好的。找了工作。在制衣厂做工。电脑绣花。不难。有工钱。也有休息日。"一个多月后父亲就收到了信,信封上的寄件人一栏是空的。

收到信时,父亲照例气得不行。他说初中毕业生连封信都写不好,文法没文法,礼貌没礼貌,字又丑。不过,这就是她的亲笔信。她的字,她的语气,那种一写出来就被教语文的父亲骂得狗血淋头的文法。父亲说我小学二年级的文章就已经超过茉莉了。他当着我的面这么训斥茉莉。

一年后,茉莉自己回来了。其间,父亲没去广州找过她。母亲想去,但一人无法成行,况且家里还有一个我要照顾。

茉莉回来是迫不得已,因为那个拐走她的人回来了。村子里有人带话过去了,要是他不回来,不把丁老师的女儿带回来,他妈就要喝农药。那年头,村子里的女人一想不开就喝农药。

茉莉有了一些变化,身体壮实了不少,脸上那抹浓浓的蜂蜜色变淡了,头发留长了,编了辫子垂在腰间。她本来打算和工厂的小姐妹利用休息日去市区的发廊把辫子剪了,烫一个时髦的发型,像香港片里的女人那样,再买一件有垫肩的真丝衬衫。可惜,这美丽计划没能成功实施,她连工资也没结完就跟着她爱的人回来了。

她被禁止走出这个校园,除了教学楼里空无一人的教室,哪也不许去。她得继续读书,得考上一所高中。即便不能把家里因她而失去的名誉找回来,也不能败坏得再多了。

兴许,乞丐的到访解救了她,使她免于更激烈更汹涌的闲言碎语。那女人把我们的整个暑假都搅乱了,让收割完的稻田里翻起了褐色的浪涛。

要是这样倒也不错。我这么想着,似乎挺期待她旁若无人地在空荡荡的校园里转悠,每天固定地出现在某位老师家门口。直到有一天小梅告诉我,她不是一个人来的。

她说得神秘兮兮的,说看到过她的孩子,是她的孩子们——一男一女,像两只小老鼠一样依偎在她的身边。他们都很瘦,大的也不过六七岁。

"不像我们这个家属区的任何一个孩子。"小梅说。

"你想去看看吗?"她又问。

"他们挺可怜的。"小梅嘟了嘟嘴巴,好像我会拒绝她似的。

我答应了她。片刻的犹豫过去之后,"去"的感觉慢慢地强烈起来。我觉得有一点刺激。我怕他们的妈妈,去看她的孩子们像是做了一件勇敢的事。

她应该很少带他们去行乞。我从没见过,也没听主妇们谈论过,不知道她把她的孩子放在哪里。一定是个安全的地方。他们大概很乖巧,不像我们每天到处乱跑,让我们的父母跑遍整个学校,到附近的田间地头去喊我们的名字,叫我们吃饭。

"我们去找找他们,不过……"我看了看小梅。

她正用一双晶亮的眼睛看我——双眼皮、长睫毛,似乎等着我做什么决定。那时,我的脸上正挂着一副努力思考和计谋的表情,眉头紧锁,头微微朝左侧,嘴巴抿得紧紧的,时不时又动一动。我觉得摆出这样一副姿态来思考会更酷,像电影里的人做什么重大决定时那样。

小梅当然知道。她需要做的只是等待,等着我说——

或许,我们可以偷偷地带点吃的给他们。

"要是他们饿着了,我会难过的。"在小梅和我说的时候,我已经有些难过了。这挺奇怪的。我从没担心过那个女乞丐饿着了。我忙着自己的事,惦记着茉莉,心里没有什么空地来想她。我没想过她是不是饿着了,饿得厉害了肚子会不会痛,头会不会晕。可现在,我知道她是个妈妈,我脑中浮现出两个受饿的孩子。我想到他们的妈妈常常要不到东西,她受到责骂后就从南门晃晃悠悠地走出去,过了马路,朝着两里之外的另一个村落走去。可她在别的村子里就能要到东西吗?

我们可以做这件事,在他们的妈妈离开的时候,去找到他们,给他们吃的。

我们一定得试一试。

这个决定令小梅兴奋。她当下就觉得我们在做一件了不起的事情。"这件事不能和任何一个大人说,绝对不可以。"说这话时，她的表情就像个伟大的地下革命工作者。

为了让事情顺利一些，我们得制订计划。我比小梅大一岁，过完暑假我上五年级，她上四年级。在这件事情上，她突然变得很顺从，不像在玩过家家时那样，总是提出和我不同的想法。我们要先想办法把食物从家里带出来。我倒容易些。母亲对这些事不太上心，她发现不了家里的饭或是菜少了一些。要是真问起来，我就说我饿了，就吃了点。而茉莉，根本就不管我的任何事。她从没因为什么事情向父母告过我的状——我突然发现我有一个多么好的姐姐，这可真令人自豪。可小梅不同，她妈妈是个精明女人。开学后，她每天端着一大脸盆烧好的菜站在食堂门口卖。看起来，她卖得不比别人便宜也不比别人贵，但总是比人家多赚一点。小梅不能用我的那一套骗她的妈妈。她要这么说，她妈妈就会问："你中午不是吃了一大碗吗，怎么还饿？"那么，晚饭她就不能再多吃了。她妈妈会说："你吃了这么多，晚饭就少吃点。"要是她每天都这样，那她妈妈那双美丽而又精明的眼睛就会整天盯在她女儿身上，看看她到底出了什么问题。再说，小梅也不是一个善于说谎的人。虽然我也不是。

我觉得小梅带食物有困难，就让她把这事交给我。可小梅不同意。她说孩子们是她发现的，她当然也要从自己家里带点东西给他们吃。

"我会想办法的。"她说。

"你不怕你妈吗？"我问。

她说怕。

"不过……"她认真地想了想，顿了顿，接着飞快地说，"要是看到了，我就说我带吃的出去过家家了，就在你家后面生火做饭。我们以前干过的。"

我笑了。没错，我们有一段时间总喜欢这么干。用三块砖头搭一口灶，找一个搪瓷大杯子做锅，淘好米，在里面煮饭。

"我直接从家里带米吧，这样不容易发现。然后……要是我妈问起，你就说饭基本都被你给吃了。她知道我胃口没那么好。"小梅说。

这是个好主意。我们只要找一个不容易被人发现的地方煮饭就可以了。

第二天早晨，我在父亲去菜地、母亲去河边洗衣时，走近父母睡房边的米坛子，将手伸进那个窄小冰凉的坛口。米坛子是满的。我为满满的米坛子高兴，因而心满意足地舀起米来。

我把米舀进小布袋的时候，茉莉来了。她又偷懒，估计父亲给她的晨读任务依然没有完成。她讨厌的英语单词依然没能够在早餐前进到她的脑子里。她表情恍惚，似乎没睡醒——"我在吃饱饭的时候才能真正醒来"，她以前这么说过，被认为是不尽力背书的借口，被父亲打了手心。那时候，我们总是被打手心。打手心对我们来说已经很残酷了，所以，之后她和男同学谈恋爱被揍，我便觉得天都要塌下来了。

我将布袋子放到身后，叫了她一声。

她也只是"嗯"了一声,并没有看我,也没有看米坛子,不理会我刻意隐藏的秘密,径直走向了我们的睡房。

我还记得,茉莉被皮鞭抽打时,她穿着一件母亲织的有许多洞洞的白毛衣,鞭子打在那些洞上时,我也感觉到了疼。

"他们来的时候叫我一声。"睡房里传来了茉莉的声音——不带一丝恍惚、金属般质感的声音。

把米藏好后,我去看了眼茉莉。她睡着了,连鞋子都没脱,脚搭在床沿,双腿蜷曲,睡得香甜。我抓了把瓜子,端了竹椅坐到门口的木芙蓉下,替小梅站岗。

我们找了个地方,就在教学楼西边的一个凹角,避风,没什么人经过。我们从家里带了一个平常我们过家家用的铝锅,一个搪瓷碗和一个并不配套的铝盖。第一天,我们煮了米饭和茄子。关于做什么菜我们讨论了很久,最后才决定做茄子。原因是茄子即使煮烂了也很好吃。我们的母亲就常常用清水煮茄子,加点香油和葱花凉拌,味道很不错。我们没有香油,但有葱花,加了些盐之后尝了尝,除了有点柴火燃烧的烟熏味,并不比我们的母亲做得差。

我们藏好那口锅,用一块旧花布将装了食物、盖上不配套碗盖的搪瓷碗包起来。刚煮好的饭菜很烫,我们不能抱在怀里,只能用手拎着那个花布上的结,一路像做贼似的去找那两个小家伙。

他们的母亲像极了我们常看的那个节目——《动物世界》里的雌兽,将孩子藏到敌人发现不了的地方。那些爱多嘴的师母们——胡师母、李师母、华师母如果知道她有孩子,说不定会对她大方一些。

发现秘密的那天,小梅尾随一只她从来都没抓到过的胡老师家的大黄猫,进到一间空置的男生宿舍。那间屋子之前漏雨漏得厉害,学校拿不出钱来修,便暂时让里面的男孩子们搬出来,到别的寝室挤上一个月。一个月后就放暑假了,校长可以利用这段时间去筹钱,找人来修一修屋子。那是一排砖瓦宿舍最东边的一间,瓦片已经七零八落。大黄猫拐进去的时候,小梅听见里面有小孩子微弱的说话声。她没敢走进去,但又不甘心就这么走掉。用她的话说就是,被她那"扑通扑通"的心跳声塞满耳朵。她蹑手蹑脚走近,然后偷偷地望了一眼虚掩的门缝。她看到了他们三个。那位身上盖着布条的妈妈正挥手把大黄猫赶走,并低声地吼着吓唬它。大概那间宿舍也是大黄猫的领地之一,被赶了几次,它才不情愿地从另一侧的窗口跳出去。

我们也像大黄猫那样悄悄潜入那间宿舍,并关上门。那扇门不好关,总有个缝,小梅只好用一只脚顶着。孩子们盯着我们,一动不动。我觉得我们像闯入禁地的怪物。我往前走了两步,孩子们相互之间抱得更紧了些。一个较小的孩子想哭,却又不敢哭出来。我没敢再往前走。那屋子里的味道让人想吐,有一股浓重的霉味和尿骚味。我蹲下身,这样他们估计就不那么怕了。同时我也可以打开我的花布包,露出那个装了食物的碗。他们看到了那个碗,好奇地盯着。我打开碗盖,指了指碗,又指了指他们。"给你们吃的。"我说。他们还是没有说话。我站起来,快步走过去,把碗放在了他们身边的床铺上。吃,你们吃,给你们的——我朝他们做着手势。"你们一定饿坏了!"小梅说。她仍旧站在原地,用脚抵着门。

米饭和茄子在这间充满一股陈年霉味的男生宿舍里散发着诱人的香味。我把两双筷子放在了碗沿上。他们相互之间抱得不那么紧了。那个当姐姐的看了看弟弟又看了看我们,似乎在犹豫什么。我示意小梅先出去。"你们吃完,我再来拿碗。"我说。也不知道他们是否听得懂。

离开了男生宿舍,白花花的太阳立即照在了我们身上。这是睡午觉的时间,整个学校静悄悄的。我们坐在宿舍前面靠近路口的一棵泡桐树的树荫里。那里依然很热。

"你说,他们吃了吗?"小梅问。

"肯定会吃的,他们饿了。"

"不知道够不够吃。"

"够的吧!我们两个都吃不完那些。那么大一碗。"

"但他们一天可能只吃一顿。"小梅说。

我没说话,捡起一片泡桐树的叶子在手里揪着。

"他们不像他们的妈妈。"小梅幽幽地说。

我知道她的意思。他们长得比他们的妈妈漂亮,都有一双清澈的眼睛。他们穿着整齐的衣服——相对于他们的母亲,有上衣,也有裤子,尽管有些脏。他们的母亲肯定不能像我们的母亲那样每天给他们换洗衣服。

或许她会为了他们去偷那些晾晒在外面的衣服。

这么想让我有点难过。我为什么要把他们的妈妈想成一个贼呢?

"你说,他们的妈妈要是发现了会不高兴吗?"我问。

"不知道。不会吧,毕竟有人给他们带吃的。"小梅说。

"但就是等于他们藏的这个地方被发现了啊!"

接下来,我们都不知道该怎么办。于是,我们只能做我们能做的。我们等了好一会儿,确定周围没有人之后,又回到了那间屋子。这回我们派了一个人在外面放哨,还约定了暗号——三声咳嗽,并且决定以后每次来都只进一个人,另一个在外面站岗。

碗里面一粒米饭都不剩。筷子干干净净,大概他们是用手抓的。但床铺上没有散落的饭粒。或许是室内有些暗,我看不清。他们的眼睛在暗处闪着光。那里面少了点惊慌,多了些饱腹了的安全。我没有饿过肚子,只在电视里看过,只能通过想象去猜测饥饿的痛苦。

走之前,我和他们说明天我们还会带吃的来,并请他们不要告诉他们的妈妈。

那位姐姐看着我,搂着她的弟弟,没有点头,也没有摇头。

我和母亲一起坐在门口的木芙蓉树下。母亲在绣花。她要给我们一人做一个新枕套。我靠在她扶住绣花绷子的胳膊上。我喜欢这么紧挨着她,即使是这样的夏天。不是有风吗?傍晚的微风吹过木芙蓉,发出不易察觉的声响。夕阳透过浓密的叶子洒在母亲正在绣的图案上,而夜来香正酝酿着一次盛开。

日子真美好。

我们趁着这个学校陷入酣畅午间睡眠的时候,去干了我们认为伟大的事,然后去围墙外马路对面的河沟边顶着太阳疯玩了一阵子。接着我回到家,依偎在午睡醒来坐在木芙蓉树下绣花的母亲身边,和她撒撒娇、聊聊天。母亲喜欢我这样。

茉莉不知道上哪去了。母亲说她去教室了。我总不相信她去教室是真的去学习了。那是没办法才去做的事,她不能忤逆我们的父亲。她还能去哪里?我去找过她几次。她不是站在窗口看着远方的山,就是望着楼下的那口鱼塘,看着经受不住闷热的天气而蹦出来的鱼儿是怎么去啄垂到水边的南瓜藤。我到她身边去和她说上几句。她也会和小梅聊天。看起来她还是以前那个身体健壮、慈眉善目的姐姐,她的眼里没有忧愁。对,没有忧愁。我看到的不是忧愁,而是别的什么,我暂时还理解不到的内容。

她大概看到了什么漂亮的东西。站在那个窗口,我看不到的,她看到了。

她比我更爱美。我从没因为穿衣打扮被老师批评。她却不止一次接到警告。她的心思不在功课上,自小就不在。她能把山上的野山茶分毫不差地描绘到她的作业本上,然后撕下来,夹在数学课本里。她的数学作业本上被老师画满了红叉叉。

不在家的这一年里,她终于可以随心所欲地去美了,用赚来的钱买那些好看的物件。她把它们都带了回来,收在柜子里,只留了个用碎瓷片和塑料珠子镶嵌成的相框在书桌上,里面放了一张她笑得无比灿烂的照片。

我低着头,看着母亲一针一针地走在浅绿色的细棉布上。

"姐姐画的花样真美。"我说。

"对啊!在这方面她有天分,可你爸不同意她去学画。咱们这些老师的孩子,没有搞这个的。"

母亲说的没错。在这个美术老师都由数学老师或语文老师兼任的地方,你不能指望他们能有什么艺术上的追求。

茉莉在读小学时就给母亲画绣花的样稿了。花鸟虫鱼。母亲善刺绣,师母们和年轻女老师总是拿来布料和彩线让母亲替她们绣个枕头或是电风扇罩子。茉莉画的花鸟虫鱼早已经跑到了学校家属区的各个角落。但这也没什么用。她们仍旧不会宽容茉莉。她们议论她,拿我和她比较,好像夸赞我、贬低茉莉会让我很高兴似的。

"你姐要是像你一样就好啦。那你爸就高兴了。"

"不过两个女儿也不能指望个个都优秀嘛。小香是乖的。我总让我们家小浩向你多学习呢。不要次次考第一,考一次我也开心啊。"

我笑了笑。除了笑,我还能做什么呢?我觉得他们的孩子其实都挺蠢的。脾气不好,成绩也不怎么样。考试每次都考不过我,也看不出有什么过人的才能。而茉莉,至少能画出好看的画。

最初,我或许会觉得她丢了人,给家里还有我自己带来了麻烦。可是,当茉莉带着一身浅蜜色的皮肤健健康康地出现在我的面前时,我高兴坏了,因为家里又充满了她的气味。

母亲的绣花绷里圈住的那只鸟是茉莉在厂里做工时做过的图案,来自一件出口时装的前胸。是啊,她工作过,想想都令人吃惊。她把它画在了纸上,还用水彩笔涂了色。

"像燃烧的火焰。"她说。这是她说过的最有文采的话,只可惜父亲没听到。

茉莉说这是刺鸟,也叫荆棘鸟。荆棘就是带刺的植物,但女工们喜欢叫成刺鸟,刺鸟立于荆棘之上。

母亲对那个图案做了改动。"荆棘不好。你们不能枕着刺睡觉啊。"于是,荆棘被母亲改成了浓绿宽厚的枝叶。

荆棘变成橄榄枝,茉莉也没什么不开心。很多时候,她比我温顺,就像午睡这件事。我极少老老实实留在家里睡午觉。茉莉却是每天中午都和我们的父母一同进入梦境。

"枕头都扁了。妈要是能把芯子也换了,就更好了。"她在乎的是枕芯,想要睡得更舒服些。

"我怕我不小心说漏了嘴。"小梅说。

"她们一谈起她,就说了那么多难听的话。我怕我气不过,就把她有两个孩子的事情讲出来了。"小梅在我家后面的月季丛边,用木棒在地上划道道。

我也和她一样划起了道道。她说的是女老师和师母们。

林老师因为害怕女乞丐闯进她的房间来,就回家去了。她家在隔壁县,要待些日子才回来。师母们和结了婚的女教师说起被吓到的林老师时,就要把女乞丐数落一顿。

小梅开始不喜欢去串门,也不再穿得美美地在那些主妇们面前晃来晃去。有人邀她到屋里去玩,她也总用和我约好了要去河边捉虾作为搪塞的借口。

我安慰她,我们一定会守口如瓶。要是她真的说了,我也不会怪她,不会像之前对待别的冒犯我的女生那样从此不理她。

可即使我们谁都不说,保不准事情也会因为什么特别的原因而露出马脚。我担心他们被发现,也担心自己挨骂。毕竟瞒着大人们做事情,我没有茉莉那个胆量。是真没有。

我们决定把事情做得更加隐蔽。从家里拿米时,我们全都小心翼翼,也不再拿那么多。我们不再从自己家的厨房偷偷拿出火柴,而是用零用钱到小卖部去买了两盒。小卖部就在学校对面,隔了一条马路。那里是一片荒地,满是乱七八糟的灌木和杂草,只盖了一幢独立的平房,没有院子。教导主任的亲戚在那里经营着一个小卖部。我们不敢在那里买油盐酱醋,免得小卖部的女主人在我们的母亲到她这里买油盐酱醋时和她们谈起。家里的盐罐足够大,每天少了一点点的盐倒是不容易被发现。我们用一张干净的作业本纸把盐包好,偷偷带出来。

烧饭的时间和地点也在变。我们将烧饭的家当装进一个大布兜子。"我们玩去了!"就像通常我们去玩时那样,和我们的父母讲一声,没什么不对劲。反正我们每天也是背着这一大堆东西东游西逛,找一间没上锁的新初一的教室玩过家家。新初三的教室,桌斗里都是学生的书啊本子啊什么的,一般都会锁上。我们背着我们的家当,避开别的试图跟随我们的人。比如胡老师的女儿、李老师家的小儿子,他们有时候会跟着,但都被我们给吓唬走了。李老师家那个拖着鼻涕的小男孩只要稍稍一吓,就跑开了。胡老师家的女儿小丽却不同。我们发出禁止指令后,她就在原地站着,目送着我们离开。在我们看不见她之后,她又会悄悄地跟踪我们。这个娇娃娃、爱哭鬼好比某种嗅觉灵敏的动物,能闻到我们身上秘密的气息。有一次,我们正在烧饭,就听见她远远地来了一句——好香啊。另一次,我们背着两个小家伙吃得一粒不剩的空碗,走在被太阳晒得白花花的水泥路上时,她从一侧的树篱里冒出来,吓了我们一跳。

关于她是否探清了我们的秘密,我们还专门做了讨论。最后我们当然希望那只是虚惊一场,她什么都不知情。总不能去把她抓来问吧。这等于是不打自招了。我们才不会这么笨。

不过,乞丐妈妈倒是很有可能知道了我们去送食物的事。孩子们会告诉她吧。他们怎么可能会瞒着他们的妈妈呢?等妈妈回到家——我把那地方叫家,他们总得说些什么。就像我们疯玩了一整天回到家,也得和我们的妈妈说说一天里发生的好玩的事情。

不管怎样，我们总能在昏昏欲睡的午后找到空当，带着煮好的食物进到那间宿舍里，在她出了南门、过了马路，朝着两里之外的那个村子去的时候。

"有没有可能，她不是去那个村子，或者她去那个村子不是要饭呢？"小梅说。

她坐在教导主任办公室对面的那个水泥栏杆上，两只脚荡在外面来回踢着。

我们每天都要聊一些关于他们的话题，甚至比我们话题里的其他任何人的分量都要重。没有任何一个人可以每天都出现在我们的闲聊中，除非那个人惹了我们，让我们每天都不忘数落他（她）。

我们不知道这个暑假结束后会怎样，他们又能去往什么地方。我们头一回为所谓"未来"担忧。

我想过把这事告诉茉莉。可和她说这事有什么用呢？我不需要她帮我从家里偷米，也不需要她帮我烧饭做菜，更不用她和我们一起去给小家伙们送饭——她那个大个子太容易被发现了。而且，她总是牵着无数的目光跑。要是她愿意，都可以把脑袋后面那大把的目光再编一条大辫子。

所以，我什么都没和她说。我们一起吃饭一起睡觉，睡觉前听她说一说在广东的生活，说一说她的男朋友。她乐于提及这些。除了我，她也找不到别的人说。

"你想他吗？"我问。

"他会来看我的。"那声音里没有羞涩,也没有故作矜持的甜蜜,平淡却理所当然。

"在这?"我压低了声音,提防着隔壁睡房的耳朵。

"哪里都行,只要他想来。"

"那也得隐蔽点的地方啊。教室里可不行。"

茉莉突然笑了,笑得木板床一颤一颤的。我被她搞得莫名其妙,又有一点生气。她总是这样,脑子里想着一些我还不能理解的内容,自顾自地、时不时这么笑上一笑,让我觉得自己在她面前就像个小傻瓜。于是我背过身去,离开她那夏日夜晚我最想要依偎的凉凉的手臂。

笑声停止后,她翻了个身,轻轻地问了句:"学校里有什么隐蔽的好地方吗?"

"你说什么?"我翻了回来,看着她。

"你每天在那些角角落落里玩,肯定有什么好地方。"她说。

"北边男生宿舍啊。第二排,靠围墙的。"我不假思索地说。说完我就后悔了。我怎么能在这个时候说漏嘴呢,那是小家伙们的藏身之地。

茉莉沉默了会儿,似乎在想我说的那地方的位置。

"最东边的不要去,那里面没法进人。漏雨,早就不住人了,一股霉味,反正让人想吐。"我补充道。

"这么恶心。男生宿舍本来就够恶心了。"茉莉说。她翻了个身,脸朝上,盯着蚊帐顶端。从窗外漏进来的月光把我们的这一小方领地照得朦朦胧胧的。

"你压着我的头发了。"

"嗯。"茉莉发出了含糊的声音。

她再度翻了个身,将我的长发让了出来。等我把头发拢齐,拨到外侧时,她已经睡着了。

每当母亲问我茉莉有没有什么不对劲时,我都说很好,除了坐在教室板凳上,她的屁股仍旧疼。母亲便白了我一眼,认为我不应该这么说自己的姐姐。

我没恶意。茉莉的屁股在她私奔前就疼了。她和她的玩伴说她不想学习,她一学习,一坐到教室的凳子上屁股就疼。她的玩伴没为她保守秘密,很快大家都知道她被学习给搞出毛病来了。没人说什么,没人同情她。做一个学生就是该好好学习;做一个高级教师的女儿也理所当然得有一个好的成绩,至少不该太差,不该垫底,不该在课堂上恍惚神游、昏昏欲睡。"父亲打手心的惩罚太仁慈了。"有人这么说。"可这么大了,你也不能再打别的了嘛。"人家又说。

父亲没办法,带着茉莉去了趟城里的医院。这样,茉莉就有了一个连城里的医院也治不好的病了。

"她最近饭量变大了。我烧的菜她基本都吃了,不像刚回来时就只吃一两样,饭也只吃小半碗。"母亲说,手里的彩线跟着银色的针在绣花绷子上钻进钻出。

"她在家待习惯了,饭量就回来了。"我说。

母亲叹了口气。

"你帮我看着点她,有事情告诉我。我们和她说什么,也说不进了,也不能老跟着她。"

我答应了母亲。我担心她去那排宿舍约会,那里的确是好地方。他们会在那里做什么呢?拥抱?亲吻?或者别的什么电视里我看到的那些?我想着她会选哪一间。在每次沿着最西边的台阶上去,走向最东边时,我都忍不住往那些玻璃残缺不全的黑乎乎的宿舍里张望,并留心听里面的动静。

然而,什么也没有发生。我不再让小梅走这条路了,我让她负责站岗。我说她比我更警觉,嘴甜,能随机应变。她便乐于立在路口的那株泡桐树下,让午后那一小阵随风动荡的树荫风拂过她长长的睫毛。

看起来,我们的生活似乎只多了这一件事情,一切如常。父亲仍旧像每一个暑假那样,在我把暑假作业都写完之后,每天给我留了五道应用题。每晚,我们照例把竹床搬到芙蓉树下,把电视机搬到走廊,在自己家门口看电视。人们就聚集到有电视机的人家,一边看着电视一边闲聊。洗完澡浑身散发着香皂气息的师母们端着脸盆,从一头走到另一头。在电视机前,男人和女人们酝酿着一波又一波的话题。那些话题和电视剧的台词、主题曲、片尾曲一起在夏夜的月光下发酵,在屋子前电视机对面观众的呼吸里发酵。那股比夜来香还浓烈的话题的气息就在我的身边游来荡去,不管我喜不喜欢。

胡老师的女儿小丽,在留意茉莉的这些天里我一度忽略了她,直到她为主妇们贡献了一个新的话题。

在跟踪人这事上,我永远都比不上她。我的鼻子是用来闻植物、阳光、话题的气息以及宿舍的霉烂味,却不是用来闻谁谁谁的去向。小丽不再频繁地在我和小梅身边出现,是因为她对我们失去了兴趣。她盯上了茉莉。盯着她不是为了和她玩。她闻到了秘密的味道——我不认为她能闻见爱情的气息。

她找到了茉莉约会的地点。而我没有。我在男生宿舍从西边走到东边时,她就猫在女生宿舍的窗户口看茉莉和她的男朋友亲吻。她将细节都记了下来。不是记。这不需要记。她能说。她能一五一十地说得十分详细。她告诉了她的妈妈。

"茉莉把衬衫脱下来垫在了床板上。那个男孩也把衬衫脱下来垫在了床板上。床板上的席子都被女学生带回了家,这样干净。她还这么解释——我女儿竟然还这么和我解释,天啊,这丫头怎么懂得这么多哟!这可怎么得了!"胡师母说。

"然后,他们抱在一起亲个不停。"

"然后呢?"

"然后我女儿就不看了啊。多害臊啊,多丢人啊!我女儿吓坏了,就回来告诉我了啊!"

胡师母说。

她在说谎。小丽会接着看下去,她不会害怕。她会悄悄地,像只猫儿一样趴在窗口,然后,再像只猫儿一样离开。

没人觉得她在说谎。不是吗？她会拒绝回答任何人的提问，害羞地跑开，躲着不肯出来，像个受害者那样。

我从男生宿舍西边的台阶跃下，迅速把包裹扔给小梅，然后绕过泡桐树，跑过一段树篱密立的水泥道，拐个弯，经过单身教师宿舍，走过校长家的厨房，朝着我家门口的那株枝叶繁茂的木芙蓉小跑而去。

茉莉就在我的前面。她的影子在某个拐角处消失，又再度出现。我跟不上她。

她是从哪个拐角冒出来的呢？女生宿舍？我只想跟上她。我已经不担心别的，比如是否有人发现我。

像每一次她从哪个单身女教师宿舍把我领出来，她急急地走，我急急地跟。这次，我被她甩得远远的。

茉莉很快拐进木芙蓉树的阴影里。我踏在干燥的泥土路面上，扬起的灰尘迅速钻进我的鼻子里。那些再熟悉不过的味道，烈日、泥土、死去的昆虫、干枯的叶子所散发的味道。

我不知道我错过了什么。在父母睡房的门口，父亲的手落在了茉莉的脸上，发出响亮的一声。我停下步子，喘着气，大颗大颗的汗珠从四面八方包围了我。

茉莉一动不动地站在父亲的面前。她的肩膀已经与他的齐平。她看着他。他也看着她。她没有哭。父亲那被皱纹缠绕的眼角却是像要流出眼泪来了。

我从没见过父亲流过泪。是真的。

第二声过后,父亲的手再度扬起,却不能够再有力地落下了。

"你是我的女儿!我的女儿!"父亲吼了起来。他的眼睛闪着光。

"爸爸。"她叫他。他都要把自己给吼哭了,可她为什么不哭?

父亲扬起的那只手握成了拳头。他最终发现手其实无处可去,只能那么举着。他不能放下,似乎那就是他的尊严。直到母亲从隔壁我们的睡房出来。她一直等在那里。

她绕过了我,走向父亲,握住他悬在半空的手。

"先这样吧。"她用一种温和而又确定的声音说。她看了看茉莉,而后是我,目光最后落在父亲身上。

她像摘下挂起的火把一般拿下了父亲的手。

父亲走了。母亲也离开了。她去准备晚饭。我不知道今晚的餐桌上会有些什么。这样的时刻,能有什么应该出现在我们的餐桌上?

茉莉依旧像树一般地立在父亲的房间里,直到我鼓起勇气走向她,抱住了她的胳膊。

我的身体冷冰冰的。而她的滚烫。

"当爸爸的总喜欢打人。"小梅叹了口气。她的眼睛红红的。她是个善解人意的姑娘,愿意分担你秘密当中苦涩的部分,而且感同身受。

"当妈的也打。"我说。

"比方说我妈。"小梅说。她看着远处的山。山顶上有一些呈带状的玫瑰色云朵。

"还继续送饭吗?"我问,"如果被发现了,你妈会打你。"

关于这件事我们没有决定。没决定不去,也没决定第二天继续干。那两个孩子,我们对他们到底负有怎样的责任呢?是我们必须做的,还是我们只是为了表示我们的同情和勇敢?

我看到了小丽。她和一个我不认识的男孩从西门外走进来,正走过花坛前的一株冬青树。

我从教导主任办公室对面的那个水泥栏杆上跳下,在小丽即将走过所有冬青树时截住了她。

那个男孩被我吓了一跳。他看起来比我小一两岁,看看我,又看看小丽。

我没说话,只是一把将小丽推倒在地上,然后迅速转身,回到了教导主任办公室门口,撑起我的胳膊,再度爬上了那个高高的石栏杆。

小丽哭了。当然,她就是个爱哭鬼。

我没有因为这件事受到惩罚。小丽应该告诉了她妈。如果她觉得足够痛,她也会告诉她的爸爸。小丽妈应该来找过我母亲。但母亲什么也没来和我说。她没空来管我。

风暴还未过去。我们家的餐桌安静得要命,让人没有食欲。

我没像以前那样端着饭碗到小梅家去,而是一言不发地吃完我该吃的饭。

茉莉不再被允许走出家门,她得被关上一段时间。我想这不是爸妈的主意,但他们不得不这么做。

"你们怎么还让她出来？她出来，准得去找那野小子。不然，野小子也会来找她。"师母们就这么说。

他们认为是我父母没把茉莉看好。

"你爸妈对你们不严啊。不严可不对。像你这样自觉懂事的毕竟是少数嘛。"连小梅妈也这么说。

这真气人。茉莉错了。所以我的父母错了。我也错了。我们都错了。他们希望我说是的。是的。是不对。我爸妈太不对了。茉莉更不对。我得站到他们那边，就像他们评论女乞丐一样去评论我的亲人。

都是什么鬼！

我从小梅家离开时，想着再也不去她家了。我得找一个远离那些女人和男人目光的地方。

出了西门，走过布满沙粒的篮球场，我上了山。沿着那段上学的路走，我遇到了一个人。我没去留意他。他跟我没关系。我只想越过他，然后到前面那段高一点的地方，找个草堆坐一坐，等到了晚饭时间我就回去。

可他叫了我，说他是茉莉的男朋友。

我还没来得及和他解释茉莉的状况，他就像背书似的吧啦吧啦和我说了一通。大意是，他过两天就要回广东了，老乡给他在一家厂里——不是之前那家，他刻意强调，找了一份工作，待遇不错，包吃住。他和我说包吃住干吗？他让我给茉莉带个话，让她不要再想着他了，他这也是没办法，他不能待在这个穷地方等死。他希望茉莉还是可以继续考学,听爸妈的话。他说。

我答应了他。他没有要走的意思,像一根旗杆似的继续杵在我的面前。他挺高的,但是很瘦,皮肤有些黑,眉毛很浓,头发剃得很短,额角处还有一道疤。他穿了双新的凉鞋,露出粗大而又黝黑的脚趾。我盯着他脚边的草丛。一些裸露的沙粒正闪着光。

"你怎么知道是我?"我没头没脑地问。

"我认识你,全校没人不认识你。丁老师的小女儿。"

"你怎么知道我在这?"

"我不知道。本来,我打算到学校里还有马路那边的稻地里去找的。"

"你能找得到?"我真想让他找上几天几夜。

"我上午就来了,没找到你,也不能去你家……其实……这是你妈的意思,让我来找你,让你和茉莉说,我……我们……不合适……你妈说的。"

你妈说的。他似乎有点不甘心。

母亲找到他的家,就在他睡觉的房间里,和他说了差不多两个小时的话,没留下吃饭就走了。他说,母亲没骂他。他以为她会,但没有。

他和我说再见,等着我也和他说再见。

"你这个人不怎么样。"我说。

他像一根旗杆似的继续杵着,只是身上没有任何能够飘动的东西。

"你长得太丑了,不好看。"说完,我回了头,昂首,大步走在夕阳照射下山脊泛红的泥土路上,沙粒们在我脚下滚动。

我和小梅决定,把送饭工作尽量干到暑假结束。虽然这中间会有一些大大小小的麻烦。已经有太多糟糕的事情了,要是这件事情再停下来……

"如果突然停下来,我会全身冒汗的。"我说,就像一直跑一直跑,然后突然停下来。

小梅听不懂。不懂没关系,我知道她也不想停下来。孩子们也已经习惯每天看到我们,不是吗?他们已经不再怕我。我可以站在一边,等着他们慢慢地吃完。他们也开始用我给他们带去的筷子。小的那个不会用筷子,大的那个慢慢地教他。姐姐教弟弟。筷子每次掉在床板上时她都迅速地捡起来,然后看我一眼。我不会责怪他们,当然。

小女孩是在自己的家里学会用筷子的。不是吗?他们曾经有家。

但我没问他们这些。这样的窥探有些残忍。

我把他们用完的筷子拿走,洗干净,第二天再交到他们的手上。

我们把日子过得像之前那几周一样,只是我不再去小梅家。而她因为这个原因,便也可以找许多的理由出来找我。比如和小香去河边玩,去小香家画画,和小香去捉青蛙。

"你想去小梅家就继续去。去别人家也可以。"母亲某天和我说。

那时她正在绣花。她已经绣完了一个枕头,第二个也快完工了。我看着那个绣花绷子,用食指和中指的指肚拂过紧绷着的细棉布上密集的丝线,是漂亮的鸟和碧绿的枝叶。

那天傍晚,我和小梅从稻田里回来,拎着我们的塑料凉鞋,带着两脚丫子的泥,穿过路面仍旧发烫的马路,进了南门到家的时候,发现了女乞丐。她整个人趴在地上,在我家隔壁校长家的门厅里,又哭又闹。她上身的那些破布片不见了,只剩那件破了无数个洞的用一根绳子系在腰间的暗红色的裤子。

我往我家那边走了几步,从窗口看见了我的父亲。他坐在房间的藤椅上,双手抱在胸前,闭着眼睛。我没看见茉莉。她的男朋友离开她去了广东之后,父母亲就不再把她关在家里了。母亲也不在家。

我走过去看了那女人一眼,又怕她看到我,不敢离得太近,和小梅站在门边看着她。人群开始聚集。

"这个疯子,怎么还在闹?"

"哎呀,刚才在李老师家呢!"

"是啊,你看看她那样子,衣服都不穿,太不要脸了。"

"叫花子,还谈什么脸。"

"太不像话了,得把她弄走。"

两个男老师站了出来,走到那个女人身边,一人拉着一个手臂,将她往外拖。女人叫着,手脚胡乱地挣脱着,那藏着污垢的长指甲差点划到了一位男老师的脸。男老师不得不将身体往后一让,她滚到了地上。这一次,仿佛她身上钉满了钉子,把她死死地钉在了水泥地上,他们再也拖不动她。

又有两个男老师走了过来,四个人每人抓住她的一只手,或者是一只脚。她的身体终于离了地,她被整个抬了起来,四肢用力地扭动着,发出野兽般的叫喊。他们抬着她,刚出了大门,又被她挣脱。她重重地摔在地上。

血丝从沾满沙土的伤口渗出来,滴在了地面上。

没人再走向前去,也没人离开。有低低的说话声,我却什么都听不清,只觉得一切都静得可怕。头一回,我觉得自己像只被青蛙长长的舌头卷进腹中的飞虫。

小梅忍不住哭出声的时候,母亲来了,手里端了一碗饭。

白白的米饭粒挤在大碗里,堆得高高的,小山一般的安静。女人看着那碗饭,不再喊叫,只是发出痛苦的呻吟。

等母亲走到她的身边,她便从地上挣扎着坐了起来。不哭闹的时候,她显得很憔悴,很老。她从母亲手里接过碗。

"丁师母,你真大方。"人群中终于有了说话声。

"好人,你真是好人。"那女人说。这是我听到她说得最清楚的话。

她在地上坐了一会儿,端着那个碗。母亲则站在她的身边,准备在她起身时搀她一把。

我没走过去,和其他人一样远远地看着。

起身前,女人对着母亲磕了几个头。最后,她拿着那碗饭,摇摇晃晃地走了。

人群散开后,炊烟和晚餐的气味很快在黄昏的校园中飘荡。

礼物被发现是第二天清晨。一个大冬瓜,两个小甜瓜。我看到的时候父母都不在家,父亲或许是到地里去了,母亲有可能去河边洗衣服了。我看见大门口屋檐下的那张木头课桌上两个小小的青皮甜瓜,以及它们旁边那个大大的翠皮冬瓜。我并没有想到那是那女人的礼物。我饿了,就洗了一个甜瓜吃掉了。

因为无事可做,我就把那个大冬瓜从桌子上搬下,挪进了屋子。它费了我好大的劲。我想,这个冬瓜如果不吃,可以当凳子。我想着,就坐到了上面,果然凉凉的很舒服。

后来,父亲回来了,给我们烧了一锅粥,又做了几张饼。之后,他迅速吃完,和母亲一同到镇上办事情去了。我吃得差不多了,便拿了半张饼在厨房门口逗李老师家的那只小黄狗。每次我家一开饭,它都喜欢在门口转悠来转悠去。

胡老师就是在那时把女乞丐追赶到我家木芙蓉树下的。她在那里挨了他一棍子,又跑开。那个戴着眼镜、瘦瘦高高的胡老师,手里拿着木棍追着。女人哭喊着,从一头逃到另一头。

"叫你偷我的东西!看你还敢偷我地里的东西!"胡老师仿佛是在追赶着一只偷吃的鸡,或者是一只爬上了桌的狗。

"她偷了他家的冬瓜,有人看见了。"围观的人说了一句。

我想起了肚子里正在消化的甜瓜,还有在厅里躲着的那个冬瓜凳子。

我把剩下的饼都扔给了小黄,飞快跑进了屋子。可我没搬来冬瓜,而是叫了茉莉。我把躺在床上补觉的茉莉拉了起来,一起走到门前的空地上。

"你不要打她!"我喊着。

胡老师他连看都没看我。

茉莉一言不发地走向前,胳膊伸向了胡老师的木棍。胡老师被她吓了一跳。但茉莉并没有能夺走他的木棍。僵持了一下,木棍又回到了胡老师的手中。我有点担心,木棍会打到茉莉的身上。

木棍继续落在了女乞丐的身上。

"你有什么资格来管我的事!你管好你自己就够了,还嫌不够给你爸妈丢人吗?"打了两下,他朝茉莉吼起来。

茉莉愣在了那里。我的脚也钉在地面上,一动不能动。那时候,我才真正地想哭。

最后,是胡老师家的女儿阻止了他,因为她哭了。她不知从哪跑出来,看到她爸爸在打人,突然就大哭了起来。

胡老师扔掉了棒子,把她抱回了家。

人群又聚了起来,还没吃完饭的则端着碗。他们看着那女人,也看着我和茉莉。茉莉阴沉着脸,将我领回了家。我不肯进门,坐在门口的竹椅上。坐在那里,眼泪终于一颗一颗地掉下来。

茉莉应该是又进屋睡觉了。没人看见我哭。

那一天,我没去找小梅。我谎称身体不舒服。小梅来看我的时候,我躺在床上,闭着眼睛。小梅紧紧地握住了我露在薄毯子外面的手。她的手又湿又凉。外面下了雨。我竖着耳朵去辨认那沙啦沙啦的声音,它好像越来越大了。

"你怎么了?是病了吗?怎么办?我们怎么办?我们的事怎么办?我一个人没法做。我害怕。听说她今天被打了,受伤了。我们该怎么做……"

小梅不停地说着。她一点都没想到要把自己的声音放得低一点。说着说着,她又像疯了一样摇着我的手。可我始终闭着眼睛。

睁开眼睛也什么都做不了,无济于事。我把自己当成一个英雄,想做什么伟大的事,却什么也做不成。我是个胆小鬼。不是吗?昨天,我甚至不敢站出来为她说一句话。我只能远远地在边上站着。她用来报答母亲的那只冬瓜,它就在厅里躲着,和我一样。我把她的礼物吃了,却什么都没能为她做,还让自己的姐姐受了辱。

"你为什么不睁开眼睛?你总该说一句话啊!你是怎么了,你病得这么重了吗?还是……"

小梅的声音完全盖过了窗外的雨声。那尖尖的、有点失控的声音似乎要冲破雨幕,飞上泡桐树的枝头。

"你什么都不懂!我现在不想理你!"我睁开了眼睛,朝着小梅吼了一句。她被吓了一跳。

眼泪从她的眼角溢出来的时候,她松开了我的手,跑了出去。

茉莉进了屋子,坐到了我的身旁。她用一块带着肥皂香气的旧手绢擦了擦我的眼角。在我"哇"的一声哭出来的时候,她及时俯下身抱住了我。

午饭后,我把吃进去的东西都吐了出来。我看到甜瓜雪白的籽埋在那堆污秽里。到了傍晚,我真的发起了烧。母亲用瓷勺蘸白酒给我刮了痧。

一整个晚上,茉莉都细心地照顾着我。她用冷毛巾敷在我的额头上,并不时地摸着我的头。我说,那冬瓜是女乞丐送给我们的。她偷了别人家的东西送给我们。茉莉说她知道,妈妈已经说了,她没有及时送还是因为不知道是从哪家的地里摘出来的,况且冒冒失失地抱着瓜去还,会害了那女人。

"别想了,睡吧。"茉莉说。她帮我把头发拨到了一侧,让它们散落在母亲绣的橄榄枝上。

第二天一早,小梅就又来找我了,给我带了两粒话梅糖,她说生病的人会喜欢那酸酸甜甜的味道。她似乎一点没生我的气,即使生了,也在前一晚的睡梦中被忘掉了。

她小声地和我说话,不再像昨天那么激动。

"林老师回来了。"她说,"我过一会儿去她宿舍玩。她刚才叫我的。她在和李师母聊天。林老师说那个乞丐妈妈真可怜,昨天她回学校时刚好碰见她,她正带着孩子们离开。她给了乞丐妈妈一把伞、两袋鸡蛋糕。她还说胡老师太过分了。"

"我不会告诉他们那件事的,谁也不告诉。"小梅凑在我耳边说。

说完,她就离开了。

小梅和我说这些话时,茉莉去了胡老师家。她回来便又躺回了床上,紧靠着我,哈哈地笑着。我们的床随着她的笑声一震一震的。

"我还给他了,把瓜丢在他面前。他的脸都绿了。比瓜皮还绿。哈哈哈!"

茉莉爆发出一阵更热烈的笑。

"可惜了啊。那瓜谁也没吃,就砸地上了。"她接着说。

我想象着,那些雪白和翠绿色的碎片散落在米白色方瓷砖地面上。

茉莉不再说话。她转过身去,仰面朝上。我也动了动身体,和她一同盯着那顶棉纱蚊帐。

有人正从我们屋子后面的一块荒地上走过,吹着口哨。是一首我没听过的歌。曲子在渐渐升温的空气中消失,屋子后面传来母亲的声音,她在和什么人说话,声音很轻,那人很快就走了。接着传来母亲搬动晒干了的柴火块的声音,"哗啦哗啦",以及她的脚划过草丛的"沙沙沙"声。

茉莉哼起了那首歌,就是那首刚刚在屋子外消失了的歌。

我的头再度陷入昏沉,在那些慢慢涌上来将我的身体烤烫的东西占据它的领地之前,我叫了她。

"姐姐。"

"嗯。"

"我们以后会怎么样?"

她看向我。我在她棕褐色的瞳孔里看到窗户清晰的倒影。

"我会成为一个女人。你也是。"茉莉抿了抿嘴巴。

接着,她在我开始发烫的额头上轻轻地一吻。

晨露一般清凉的吻。那感觉,就好比,我也有了一个可以互诉衷肠的恋人。

(首发于《作家》2018年第6期)

沉默的花园

我拎着行李快步走向她——我的母亲。她等在那里，站在楼门口的灯光里，戴着上次我见她时她戴着的那顶灰色暗红条纹的粗线帽，喊我的名字。

已经是晚上十一点多了。我误了车，晚了两个小时到她这里。在车站改签车票时，我打电话给她，说误了车，让她早些睡觉，我到了会叫门。这期间，我就没再联系她。

"怎么这么晚？"语气并非埋怨，她笑着——熟悉的、女孩儿般浅浅的笑。她拎着她那只起了毛边的旧旧的革制小拎包，站在我的面前。

三月初清冷的夜，依旧带着寒冬的气息。母亲身上套了两件外套——一件棉衣、一件薄料子的春秋外套，戴了线帽，围了围巾，脚上穿着双拖鞋——一双夏天用的塑料拖鞋，式样很可爱，天蓝色的，带着个白色波点的蝴蝶结。

我拥了母亲的肩，转身上了楼梯。

"这么冷，你待在家里好了，不用下来的。"我说。

"我刚才是下来倒垃圾，"母亲说，"就在门口站了一会儿，只是一会儿，没多久的，很快你就来了。之前我等等你也不来，又不知道你什么时候到，就下去倒垃圾了。"

她解释着。我点点头,朝她笑了笑,慢慢地往上走。

这是一幢老式公房,一梯六户,楼道里堆满了杂物,上了灰尘和蛛网的纸箱、煤炉子、空酒瓶、旧转椅,住户早就习以为常,不再多去注意它们。母亲有时会与我说起这些几乎占去了半个楼道的物品:"这里的人将这些东西堆在外面,你说有趣不有趣?"像是在评价一个站错队的调皮学生。今天,她只是盯着脚下的楼梯,一步一步地专心往上走。她住在六楼。

房子刚装修过。母亲站在绛红色的崭新防盗门前,拿出钥匙,对准锁孔,熟练地转了两圈。门开了条窄窄的缝,灯光漏了出来。母亲抽出钥匙,将门拉开,看着我笑了笑,轻轻地咳了两声(从冬天起她就总是咳嗽)。她让我先进去。

我陷入一片光亮中。屋里的灯全都开着。那是她的习惯,只要是独自在家的夜晚,就打开所有的灯,然后与那些灯一起入眠。

她拿了一双拖鞋给我,说是上次我穿过的。我已经不记得那双鞋子了,或许我只穿过一次,而后被母亲收了起来,要等我再来时拿出——那是我的拖鞋,紫色的塑料拖鞋。而洗漱用品,她也买了一整套给我。"全都是新的。"她说着,语气里带着孩子般的兴奋。因为我要住这里。我从来都没在她这个"家"中住过,这是第一次。她说那些东西都放在她房间里,新的毛巾、脸盆、牙刷、塑料杯子,都放在一起,毛巾、牙刷和杯子放在脸盆里,等我吃完饭再拿给我。

"还是现在拿给你,都是新的。"她很快又改变了主意,往房间走去。

"不了。"我从卫生间出来把她叫住,甩了甩还没来得及擦干的湿湿的手。

"先吃饭,我饿了。"待她回头,我说。

她不再想着毛巾、脸盆的事,而是张罗着给我吃饭。其实这么多年来,即使是到了她这里,这样的事我也习惯于自己来。我走向厨房,就像在我自己的家。

拉开碗柜拿碗时,她站在一边,提醒我可以用哪一个碗。这个是她的碗,她指着那只美耐皿的米色塑料碗,我可以用那只,那个是弟弟的,黄色的大瓷碗,如果我愿意,也可以用。她说个不停,好像在担心我找不到碗吃饭。可碗柜里装满了各式各样的碗。我没有用她的那只,也没用弟弟的,而是在碗柜里找了个别的碗,拧开水龙头冲洗。比起我上次来时,碗柜里的碗多了不少,有许多漂亮的新面孔。母亲解释说那些是小美拿来的。小美是我的弟媳。来母亲这里之前,我去参加了弟弟他们在小美家乡举办的婚礼,从那里赶过来时误了火车。

"那么多的碗,好笑不好笑,都不知道干什么用。她喜欢放那,就放那吧。"母亲一直站在我身后,随着我挪动着步子,看着我挑碗、洗碗、盛饭。

"哦。喝喜酒的时候,看到莉莉了,她也来了。"盛饭时,我对母亲说。

莉莉是表姐的女儿,在母亲所在的这个城市上大学。这次她坐着小美包的车与小美的那些朋友、客户一道,去小美的家乡喝喜酒。我大概有十年没见过莉莉了。因为俗世上各种的缘由,我与亲戚们疏于来往,几乎不联络,连春节期间,弟弟在老家办的喜酒,我也因故缺席了。想来我在亲戚们的眼里,如今一定没什么好印象了吧!

"莉莉现在很调皮了,话可以一直说个不停。哪里来的那么多话可以说哟。"母亲谈论着莉莉。

调皮是母亲家乡方言里常用的词,表示聪明、活跃,它有着很多的意思,当然也可以只是指调皮本身。而母亲要是用调皮来形容一个人,至少说明她因了一种不可控的灵活而感到不安。母亲不习惯于变化,但莉莉不可能始终保持着十年前那个害羞小女孩的模样,她长成了大姑娘,可以独自到一个陌生的城市上学,可以循着地址找到她姑婆和舅舅的家,来看望他们,十分健谈地说起她父母的近况、她的大学生活和各种有趣见闻。她的确是"调皮"了。

中午,在小美家喝完喜酒,莉莉想去旁边的游乐场。那是一个大型游乐场,有过山车、海盗船、雨神之锤之类刺激的游乐项目,距离小美那个村子不到十分钟的车程。小美在宾馆订婚房时,对方送了几张游乐场的赠券,她给了莉莉,但莉莉不想和其他人去,那些人她都不认识。

见到莉莉时,我和丈夫刚刚急匆匆地赶到小美家,外面已经放起了爆竹。婚车到了,弟弟和小美挽着胳膊沿着村道从外面走进来,后面跟着敲锣打鼓的村民。莉莉站在堂屋的一角,正透过门上的玻璃看外面的热闹。我们一进门,她就向我招手,喊着小姨。我应了一声,便穿过人群往里走,想到里面一处较为空敞的地方站着。我并没有太在意那个和我打招呼的女孩,以为她是弟媳的亲戚,出于礼貌而叫我。片刻后,我才意识到小姨这个称呼的特殊——即使是弟媳的亲戚,也是不会叫我小姨的,我才又走到了她的身边。

我没有告诉母亲我是因莉莉而误了车,也没和她说我们去游乐场玩了一个下午。我不再说莉莉,而是说起了别的。我们坐在餐厅明亮的蓝色花朵下吃饭。蓝色花朵——那盏漂亮的吊灯,还有白玉兰形状的壁灯,这里所有的灯具都是小美选的,每一盏都透着新女主人精致的审美。每一盏灯都亮着。母亲把所有的灯都打开了。

这个房子再不像从前,陈旧、晦涩、令人不安的味道被这明亮的灯光和反射着灯光的洁白墙壁、新家具们悄悄掩盖了。原本狭窄的小厅往南移了一大块,成了个真正的客厅,放了一张餐桌、几把餐椅、沙发、立柜和一套组合矮柜。新的液晶电视挂在墙壁上,矮柜的上方,正对着沙发。新家具的气味、墙面漆的气味、花朵形状的灯具、厨房的玻璃移门,给了这个家一副新面孔。它看起来更像一个家了。

对于装修,母亲曾反对过。弟弟第一次和她提装修的事时,她表现出激烈的情绪,他们为此争吵过。但装修还是正常进行,他们也因此从这个家搬出,租住到附近的一个小区。装修结束后的很长一段时间里,母亲都未能接受它,她从不说那有多好,这些新的东西于她倒像是得意的占领者。她不得不去适应一个新环境,在自己的家。

记得刚搬进这所房子时,母亲也用了很长一段时间来适应它的陈旧,她在电话里向我抱怨无处不在的灰尘,楼道里、卧室内、窗台上,好像灰尘是永远都擦不尽的、源源不断的。那些灰尘弄得她生了病,手上长了一片一片的红疙瘩(可我从没看见过)。为了弄走那些终日幽灵般萦绕的灰尘,她每天都拖地。她买了两三个拖把,她的拖把总是拧不干,地板也总是湿答答的。

如今,她不再说起那些灰尘,她仍旧每天拖地,我进门的时候,暗红色的木地板上泛起片片潮湿的水光。我提醒母亲换一双棉拖鞋,她脚上那双塑料的容易滑倒,何况那是夏天穿的,这个时候穿太冷了。

"啊,不冷的。我身上穿了好多的衣服,暖的。"母亲说。见我仍旧望着她的鞋,她便又走到鞋柜边,拿出一双厚实的紫色棉拖鞋。她说那是小美买来给她的。

母亲终于换了鞋。她拿着那双蓝色塑料拖鞋去了自己的房间。她要把它收起来,就像收起我的那双一样。

片刻后,母亲再度从房间出来,走向我,悄然地站在一旁。我在洗碗。自来水"哗哗"地流着,水池子里都是洗洁精的白色泡沫。她手里端着那个为我买的新脸盆,脸盆里装着新毛巾、新牙刷、新杯子。她不叫我,也不放下手里的东西,只是看着我,就好像没被我发现那样。狭小的空间里充满了淡淡的油烟和柠檬香精的味道。

第二天早晨,天色阴灰。

我和母亲并排走在街上。我陪着她去买菜,顺道吃早餐,然后去公园,大约就是这样的路径——沿着她每天早晨散步的固定路线。

"我每天都去那边,就那边,还要再走过去一点,那里有个摊,我在那里买白浆(豆浆,白浆是她家乡的叫法,她一直沿用)和油条。"母亲回头指了指我们的身后,在我们已经从小区走出大概五百米之后。

"你要不要去?我带你去。"她突然停了下来,转过身,看了看后面,又看向我,笑了一下。

"不要了,明天再去吧。今天就向前走好了,应该还有别的早餐店。"我想带她好好地去吃一顿早餐,而不是坐在路边摊头简易的桌椅边,看着来来回回的行人和车辆,吃完这次来我和母亲共进的第一餐。

母亲继续向前走。她在路口向左转弯,我便跟着她向左转弯,就这样紧跟着。就像小的时候,我跟着她去到随便什么地方。那时,她年轻,喜欢带着我到处跑,她走路飞快,像头矫健的小鹿,我便也飞快地跟着。我们去到田野里、山坡上、河边,沿着铁轨走向远方一个繁华的镇子。而如今，她的步子慢了。她说完白浆和油条的话题之后，就不再开口，只沉默地迈着步子。我喜欢这样沉默而安静的时刻。要知道，更多的时候我没法进入她的话语之中，没法深刻地理解她，理解她的思想和情感，她心里某个旁人无法触及的神秘空间。不论是过去还是现在，甚至将来，大概都只能是这样了。而她一旦说得多了，我甚至会感到厌烦，这种厌烦会滋生出恐惧——那种无法控制现状只能任由它像开了闸的水一样蔓延，不知何时终止的恐惧。而现在，多么美好，我们安静地走在街上，我又挽住她的胳膊，并肩朝前走。

母亲沉默着，我也没再找别的什么话题。我拿出手机，给我在这个城市的朋友打电话。先是打给 Fly，我得见她。和 Fly 多年未见，即使母亲几年前随弟弟来到这个城市定居，我和 Fly 也并未因此多增什么见面的机会，我每次都是匆匆忙忙地来，又匆匆忙忙地走。像这次这样因弟弟的婚礼而特意请了几天假陪伴母亲，便是难得的机会了。这一次，我必须要见见 Fly，我得向她当面道谢——她帮了母亲的忙，"解救"了她。

那是前年夏天的事。当时，弟弟因一个小手术住院一周，这期间母亲独自在家，闹了点小麻烦——小客厅通往厨房的门被风猛地关上，就再打不开，她被关在了里面。那所房子是南北直通的房型，卧室—卫生间—厨房—小客厅—卧室—南阳台，大门则正对着厕所门，所以，她不仅出不了大门，连厨房和卫生间也去不了。我给她打电话时，她已经被关了一整天。不会求救，记不住我们的电话，手机也只会按接听键，对所有现代化的技能心存怯意，不能够通过一遍又一遍失败的尝试去熟练地掌握它们。她就是这样一个老人。

弟弟住院期间，我每日给她打电话，确认她的生活是否正常，确认她的安全。在那天例行的通话中，她告诉我她被关在房子里了，被反锁了，这一天她都没吃什么东西。卧室里有饼干，小厅的饮水机里有水，她还可以顺利地得到它们，但她什么也没做，她一口饼干都没吃，一口水都没喝。她说，她在等我的电话。她的话语里带着紧张，她很害怕，却又没有害怕到恐惧的程度。她可能还没有意识到事态的严重性，她只是安安静静地等待，没有站在阳台上呼救（她会吗？），一整晚都没有睡觉，开着电视机（我打电话的时候电视机仍旧开着，里面播放着新闻）。电话和电视机一起都装在弟弟的卧室，她刚好被关在那间里，这是值得庆幸的事，不至于太糟糕。她和通信工具关在一起——那个青色的方块盒子。她与它保持着距离，那不是她的东西，她没法像拧开煤气灶的旋钮那样控制它，让它产生属于她的火苗。她守着它，一整个晚上，等着它突然发出声音，然后第一时间抓起它。由它，她可以握到我，她的女儿，我会将她拉出来，救出来。她完全相信她的女儿，完全相信我。

我打电话给 Fly，让她去帮我处理。Fly 的公司离母亲家不远，她很快请了假，打的去了弟弟的医院，拿了钥匙，然后去了母亲的家里，把她解救了出来。整个过程十分迅速，我很快就接到

Fly 的电话,那时她已经从母亲家里出来了,在出租车上,一边和我说话一边告诉司机她公司的地址。Fly 说母亲没事,看起来挺平静的,没有吓到不行。她走前帮她做了预防工作,将硬纸板用胶带固定到门框上,风再也关不上那扇门了。"门没有反锁,只是太紧,她没力气打开。"Fly 在电话里说。

Fly 的电话没接通。她或许还在睡觉,今天是周日。我挽着母亲的胳膊,另一只手在手机通讯录里翻着电话号码,找其他的人。这一带的街区十分热闹,有许多林立的店铺,有五星级酒店和百货商场,却没有一家供应早餐的店。翻到电话,我拨了过去,一边等待着接通,一边仍旧四处张望,找寻着早餐店。目光投向街对面林立的店铺时,掠过了母亲的眼角,只轻轻地一瞥,她捕捉到了,脸稍稍偏过来朝着我笑了笑。她笑得浅,仿佛只是为了对我笑笑,而无其他的深意。她薄薄的嘴唇周围几乎被皱纹全部侵占,牙齿掉得差不多了,嘴唇因此微微凹陷,微笑时嘴角上扬的弧度却很美,像个小女孩。我几乎可以由此想象到她小女孩时的模样。尽管我从没看过,她没留下一张年轻时的照片。她年轻时很漂亮,所有见识过她年轻时模样的人都这么说。

母亲笑了下,就将头转了过去,继续看着前方,保持着原有的步调。而我开始说话,打给 L 的电话通了,电话那头传来甜腻腻的声音:"亲爱的,什么事?"L 就是这样一个时时刻刻热情得要将人融化,总是带着红苹果般鲜亮笑容的女人,我的中学同学,我婚礼时的伴娘。她为我的到来而欣喜,为弟弟的婚礼而高兴,说着恭喜的话,然后说很不巧她晚上要飞深圳,而现在正和丈夫一起在装修公司,与设计师商谈房子装修的问题。"图纸要修改,还要再去一趟现场。我会挤出时间和你见面的,晚点短信你。"她说。

母亲对这个电话好奇。我便说了 L 的名字。L 她认识,中学时常来我家,她记了起来。我很高兴她能记起来,说明她的记性还不算太糟糕。母亲又问了几个关于 L 的问题:她在这里吗?你要见她?什么时候?再复杂一点的她不会问了,那好比是她触碰不到的边界,位于另一个国度。因此,以母亲为主导的关于 L 的讨论,是不会进行到 —— 她结婚了没有?她有小孩了吗?男孩女孩?她做什么工作?除非我主动地一一告诉她,让她仅仅做一个听众。那个我无法触及的神秘国度里藏着火山,火山没有喷发时,她是个好听众,安静地听着话,即使什么也听不懂,她也会时不时地回报笑容 —— 偶尔转过头,朝你一笑,充满信赖和天真,不带任何疑虑,只要那些都是与她本人毫不相干的事。

"前面就是菜场。"母亲用手指了指。

菜场比我想象中的要远许多,从家里出来我们走了大概四十分钟。菜场外,马路边的人行道上零散地摆了几个蔬菜摊。母亲在我们路过的第一家停下,女摊主早就远远地朝她打招呼。

"阿姨,今天买什么?"那是个响亮的西北口音。

母亲朝守摊的女人笑笑,没说话。

"你女儿?"

"嗯。"

"女儿很漂亮!多好啊,女儿来看你了。"

卖菜的女人呵呵地笑着,看着我挑菜。我拿了几个西红柿和一把芹菜,递给她。

"你妈妈人很好的。"她把西红柿放到电子秤上,说。

"以后就麻烦你多照应着她。她年纪大了。"

"那是一定的。她每次都到我这里来买菜。"

付款,找零,道别。她热情地和我们说再见。她那正在卡车上搬菜的丈夫也停下来,一起和我们说再见。

走之前,那个女人在装蔬菜的塑料袋里塞了一小把葱,算是送给母亲的小赠品。葱很新鲜,沾着水珠的翠绿叶子挂在红色的塑料袋外面,葱叶子一晃一晃地跟着我们进了菜场。

到了菜场里,母亲目不斜视,径直朝前走。她的速度变快了,比我们在外面步行的速度要快很多。她在一家卖豆制品的摊前停下,买了几块香干,付完钱后又是快步地走,在一家蔬菜摊前停下,女摊主和她打招呼——你女儿啊?好的,阿姨今天想要点什么?母亲不需要说话,只需要将她想买的东西拿到女摊主的手中,女摊主会告诉她要付多少钱,然后给钱,找零,母亲拿着菜和零钱就可以离开了,她不用关心菜价,多少钱一斤她不知道,也不需要知道。她花了多少钱买那个菜,她拎着菜离开,这就够了。但今天,她什么都不需要做,她只需要站在一旁,安静地看着我和女摊主交谈,时不时笑一笑,偶尔回答一下女摊主的问题。这看起来很好、很融洽,女摊主和老主顾,充满温馨的关系。但她初来的时候,又是怎样的呢?

她初来的时候,像是进入一片陌生的丛林,被藤蔓缠绕得不能奔跑又迷失了方向的鹿。她独自进到这样一家陌生的菜场,站在生意繁忙的摊主面前沉默不语,看着摊主麻利地招呼顾客。人群来来往往,有人将好奇到显得怪异的目光投向她,也有人不小心挤到她,甚至踩到她的脚,在她的布鞋子(她总是喜欢穿着布鞋子,不论春夏秋冬)上留下带着鱼虾腥味的泥印子。她又再向蔬菜摊靠近一点,直到衣襟贴住了伸展在案板上的菜叶,找了个空当,拿了她要的东西——一根萝卜或是一把芹菜。她把菜递到摊主面前,还是不说话。

就是这样,我完全可以想象得到。交流让她不安,她并不擅长此道。

我拎着菜,挽着她的胳膊,进了菜场隔壁的一家中式快餐厅,挑了个座位。母亲坐下,将手包放在桌上,目光追随着走向收银台点餐的我。

出门之前,我又告诉母亲一遍,我要去哪里、见谁(我要见的 L 她认识)。而她只问了我一句:"晚上不回来吗?"她加了个"不"字。

"不。我回来,吃完晚饭。"我得和她解释,让她觉得她的担心是多余的。她害怕我们短短的相处时间被别的什么东西侵占,她会因此而失落,因独自待在家里度过漫漫长夜而感到孤独。

我为她准备好了晚上的菜——简单的两菜一汤。她吃不完,她或许只吃一点点,我回来的时候菜盘子可能还像没有动过那样。我嘱咐她尽可能吃光。她点头,回应着我:"哦哦。"然后和我说:"早点回家。"

与朋友的私人会面占据了与母亲的晚餐时间。今天,明天。晚餐,本该是幅多么温馨的画面——窗外是被城市灯光点燃的浓夜,我们在客厅那盏崭新而温暖的花朵形状的吊灯下面对面吃饭,安安静静地,只有我和她。

我该因此而自责。

L、Fly、C 三个人,他们是我在这个城市最重要的朋友。今天是 L,明天是 Fly,C 不确定,他还在外地。来之前,我告诉了他我的行程,他说他会安排好工作,在周六结束飞回。这样我们就会在同一天到达 S 城。在开往 S 城、奔向母亲的火车上,我打电话给他,好确定第二天见面的时间,他却抱歉地说,他因故赶不回了,要到周一才回来。我要周二晚上才走,倒是不介意早一天还是晚一天见他。C 是一位很好的前辈,多年前,我曾得到过他的鼓励和帮助。事情就是这样,那些在你困难或是一无所有时给予温情和体恤的人你总会记得他们,甚至把他们当成一个至关重要的人,重要到你会把年迈的母亲扔在家里而兴高采烈地与之会面,似乎见了一面就报得了以往的恩情。

但我不能告诉母亲这些,我觉得她不能够理解,反而会因此而伤心。她伤了心,然后会默默地看着我的背影,并在剩下的时间里,等待着、期盼着我回来。

L家离母亲这里挺远,那是个高档的住宅小区。小区的名字我还有印象,之前在S城因工作关系,对一些大型或是高档的楼盘有所耳闻。

除了母亲居住的那一带,以及几条著名的繁华街道和市中心的广场,这个城市对我来说已经变得陌生,而地铁帮助了我,它比以前还要方便,线路已经增加到了十条以上,我可以通过它到达这个城市的任何一个地方。L会到地铁出站口接我。出了地铁,我在一家报刊亭边等L。马路对面的天桥下有个卖花的小摊,一个短发、微胖的中年妇女守着摊(一辆推车)。她抱着双臂拢紧衣服,看着路上的行人。我穿过马路,想着是不是给L再买束花。我买了一盒进口的黄心猕猴桃,大挎包里还有盒从家里带来的礼品装土特产,但如果有束花就更好了。

那些花让人失望。花束小小的,连花苞也是小的,用紫的、粉的或是蓝的透明玻璃纸扎着,插在花架上。品种倒是挺多,有玫瑰、康乃馨、火睡莲、百合以及我叫不出名的、用来搭配主材的小花。或许是露天摆放得太久了,也可能本就不太新鲜,花看起来都不精神,没有让人购买的欲望。我想找两束一模一样的花,把外面包扎着的透明玻璃纸拆掉,再问她要点素色的皱纸,整个一包,只露个小口子,能看到里面密簇的花束。可她只有那种花哨的玻璃纸。关键是,她的摊上,连两束颜色相同的康乃馨都找不出来。我有点失望。女摊主向我推销那束火睡莲,这是她这里最好的花。在买和不买的犹豫中,L的电话来了。我抬头,看到她站在报亭门口,牵着她的孩子。我离开花摊,向她走去。

"来了就来了,还买什么东西!咱们这么熟了。"L 接过我手上的水果,让她的孩子叫我阿姨。

"阿姨,好。"小男孩喊完,就一跳一跳到前面去了。

"本来想买花的,但那摊没什么好花。"

"还这么浪漫。"

"如果有好的,就送你了。我还没送过你花吧?"

"好像没有。送过别的,包包和手链什么的。我还记得,以前我生日的时候。对吧?"

"好像是的。很久前的事了。"

"对啊,那么多年了。见到你真好。我想你了。哈哈。"

我和 L 来了个简短的拥抱,像是玩笑似的,是个真正的拥抱。

比起学生时代,做了母亲后的她身材丰满了许多。她生完二胎不久,身材正在恢复中。

"东东,你慢点,别跑那么快……这孩子可皮死了。你看你看……"

"男孩都是这样。我家的也差不多。"

"怎么不带他来?"

"我来陪我妈的,他来了闹死。你知道……"

"嗯,也对,你一个人方便很多。你妈妈还好吧?"

"还是老样子,你之前推荐的那个药很好,用过之后情况缓解了很多。"

"抗副作用,还是要配合着使用的。其实一开始就该用的,医生怎么没建议呢?"

"是啊。还好你也是医生。呵呵,谢谢。"

"老同学了,还客气。"L挽起了我的胳膊,贴紧了我。

L现在住的房子是租来的,每月为这套四室两厅的大房子付出高昂的租金。为便于照顾小孩,他们现在是三代同堂,L的公婆、L的母亲,还有L夫妻和两个孩子。房子里有点凌乱,到处都是孩子的痕迹 —— 扔在地上的玩具汽车、识字卡片、拆开的零食、婴儿车和餐桌上的奶瓶。沙发上和椅子上搭着许多衣服,可能是刚收下来的,还没来得及叠放。

L用脚踢开架在客厅已经坍塌了的玩具汽车轨道,为我让出一条路,引我到沙发上坐好。而L的婆婆则给我泡好了茶水。她是个客气礼貌的老人,带着老年知识分子特有的分寸和礼节,不过于热情,也不冷淡,说话富有节奏,我进门的时候她从鞋柜拿拖鞋给我时,还为家里的杂乱向我道歉。

我坐在沙发上,喝着老人家为我泡的茶。产自她家乡的茶叶,入口香醇。L将我送的猕猴桃礼盒拿给她的婆婆,让她收到厨房去。

"哦……猕猴桃。"老人家眯着眼看着盒子上的文字,目光专注、严谨,虽然通过盒盖上的透明塑料层就可以看到里面排列整齐的水果。"嗯,猕猴桃营养好。"她说。

在婆婆的催促下,L去弄水果给我吃。她拿来一把水果刀,将客厅茶几上果盘里的橙子切开。橙子很不好看,橙皮已失去亮泽,看起来像是放了很久。L认真地切橙子,对半再对半,一个橙子分成四块,切完她就催着我吃。橙子的汁水流到了玻璃茶几上,她从一边的纸盒抽出餐巾纸擦了擦,又继续切。她大概切了四个橙子,才停下了手,再一次催着我吃。我拿起一块,味道和我预料的一样,酸里带点苦,干巴巴的。我吃了一块就不再吃了,继续喝着茶。

"你怎么不吃了呢?多吃水果好,美容。"

"我喝茶吧!这茶叶不错。"一次性纸杯里茶叶基本已经沉到底部,茶泡得挺浓的。

见我不吃,L就自己吃起橙子来。

"这橙子不太好。切了这么多,不吃浪费。"她呵呵地笑,有点不好意思。

X睡完午觉,从房间里出来,他随手带上房门,黑洞洞的幽深空间在一瞬间变成赭红色带木雕花纹的平面。他和我招了招手,"嘿嘿"地笑着,脖子下意识地缩进身上那件灰褐色带帽的厚厚的棉背心中。X身材瘦小,是个其貌不扬的小个男人,藏在镜片之后的眼神却总是闪烁着某种低调、平和、安宁的光芒,这点从刚认识他到现在几乎都没有变。

X坐下和我聊天,L便起身去收拾她的行李。她要出差,晚上的飞机。

L在卧室收拾着,抽屉和衣柜"啪啪"地响。小男孩从玩具堆里出来，走到父亲的身边。X 把连帽棉马甲侧袋里的一只白色大手机给了他，他便坐在一边玩起了游戏，很快就旁若无人地投入了战斗。而我们的交谈则掠过浅表的寒暄进入内里，按着许多年前的老路子。X 善于提问，更善于总结。他会把你说的话用他的意思重复一遍，过滤出新的亮点，再由此切入，进入谈话的另一层，挖掘出更理性或是更有趣的东西。他擅长这个，也擅长那种插科打诨的玩笑语气和不张扬的幽默。很快，他就把情况了解得一清二楚，我的工作生活诸如此类。

我们谈了会工作，后来又谈到了写作。是他先提起来的，说他听 L 提起我在写作，这倒是让他意外。我解释，写作这事挺偶然的，也只是随便写写。

随便写写，呵呵——他笑了两声。我也随即呵呵地笑了起来，点点头。

"又玩手机了！又玩手机！" X 的母亲——L 的婆婆从另一间卧室出来，开始数落起自己的孙子来。

"哎！你要向你的这个同学学习，她为了不让孩子玩手机，夫妻俩都不用好手机的，都用最差的手机。"

她提及了我，拍了拍 X 的衣服。她的目光从 X 的后背转向我，我也恰好看向她。

我把衣兜里的那只旧手机拿出来，象征性地给他们看了一下，又迅速放了回去。

"看见没有？你们要学学人家是怎么当家长的，不要只知道纵容孩子,一直玩一直玩,对眼睛多不好!"

纵容——这样书面的词语,在她这样的老知识分子的话里出现,语调也是抑扬顿挫的。

"他太宠他了。小孩子,我们管也管不好。他爸爸就是要给他玩,还从网上下好了游戏放到手机里。"老太太对着我说,然后绕过矮柜沙发和玩具堆,到小孩的面前。她要收他的手机,却被他迅速藏到了身后,奶奶的手抓了空。但很快,手机又被奶奶从他的身后夺了去。

"东东,别玩手机了,有那么多的玩具,你搭积木吧,玩轨道汽车也行。"L从卧室出来,对着孩子说。

所有人都看着他。小男孩撇起了嘴,眼泪"吧嗒吧嗒"地掉了下来。起初,他哭得没有一点声音,浅浅地,随后嘴角的弧度越来越大,片刻后,突然就声嘶力竭、连哭带吼了起来——"你们都是大坏蛋!不让我玩,我打死你们,打死大坏蛋!都是坏蛋,坏坏……"

爷爷走了过去,把孩子从沙发上拉了出来。

"看看你说的什么话,什么话!"在他的训斥下,小男孩的哭闹变本加厉,他一屁股坐到了地上,胳膊仍旧被爷爷扯着,上衣因此也被拉扯了上去,露出了白白的小肚子。他的腿挣扎着,把客厅的汽车轨道踢得"啪啪"响,轨道倒塌了一片,汽车从轨道上掉下来,翻了个个儿,滚在了沙发边。

奶奶走过去,想要扶起他。他甩开她的手,腿蹬到了她的脚上,一下接着一下。奶奶躲避不及,一个微微的趔趄,被爷爷扶住。在爷爷抬手要教训这顽劣的孙子时,X 走了过去,抱住了自己的孩子。他抱起他,对着他耳语,然后把他带到了连着客厅的南阳台,关上了玻璃移门。他放下孩子,蹲在地上,拥着他,脸贴着脸,和他说话。

客厅安静了下来。老太太看了看我,把挡着路的玩具踢到一边,说了句什么,大概是宠小孩什么的,就又走开了。她的丈夫跟着她进了厨房。另一间卧室中,正在午睡的 L 的小女儿发出了一两声轻轻的哭声。L 快步走了过去。

关于手机,这个导火索,最先是在我和 L 的聊天中,L 的婆婆插话进来,说 L 他们夫妻太忙,没空陪小孩玩就把手机给他,小孩现在手机玩得不要太溜,小小年纪游戏玩得那么厉害怎么得了。而我恰恰也认为这是个不好的习惯,便对老太太说:"嗯,那对眼睛很不好。"

"何止是眼睛,简直是没一点好处,和他们说他们又不听。"她表现出明显的不满,那种知识分子就事论事、平稳且富有节奏的语气配合着恰到好处的手势,让她这种当着客人的面批评儿子儿媳的做法看起来也并无不妥。

"你的孩子呢?"她紧接着问我。

"哦,不玩的。"

"你看看,"她对 L 说,"你向她取取经,怎么管管东东玩手机的事。"她对儿媳说话的语气倒是和气而通情达理的,撇去了家长式的居高临下,但仍带着教师式的严谨和威严。

我只好解释,我和丈夫都没用那种高级的手机,我们的手机都是老款的,很便宜,没什么新潮的功能,并且拿出手机给她看了看。

那是只灰黑相间、机身已经有多处磕碰和刮擦痕迹的京瓷牌翻盖手机,没有镜头,因而连拍照的功能都没有。所有看见它的人都劝我换掉。L的婆婆,却表示出极大的赞赏,她认为我是为了杜绝后患,不让小孩玩手机,而刻意不换新式手机的。一切为了孩子,这有什么错?

小女孩哭了几声便醒来了。外婆抱着她出来。L紧跟其后,她向她的母亲介绍了我,便去厨房给孩子取辅食。

此时,阳台的玻璃移门也被拉开了,小男孩显然又恢复活泼可爱的样子,看见妹妹起床了,就跑去拉她的小手,想要和她玩。

"他每次都要和孩子讲道理。"L从厨房出来,将装了婴儿米糊的小碗放在茶几上,又去收拾行李了,把拖鞋踩得踏踏作响。

我和X继续聊着天,直到L合上行李箱,拉上了拉链。

X站了起来。"走了,该去吃晚饭了。"他对我说。他在饭店定好了位置。吃完晚饭,他得送L去机场。

碗、勺子、筷子、锅铲、电炖锅的铝合金不粘内胆都泡在厨房的水斗里,一池子的泡沫。这些东西沾满了陈旧的油腻。每次来母亲这里,我都尽量找时间做这样的事。母亲洗碗从不放洗洁精,碗上的油腻因长年累月而呈现出奶黄色(尤其是碗的外沿)。她放热水器里的热水洗碗,但油腻还是在。我不和她提什么油腻的事,只说帮她把厨房整理一下。我像一个爱清洁、走到哪擦到哪的家庭主妇,洗碗,东擦西擦——煤气灶、台面、砧板、白瓷砖墙壁、油烟机的外沿、菜刀架、筷子筒。她偶尔会来看一眼,站一会儿,然后就又回客厅了。

这次并不是太脏。厨房的灶台柜子都是新的,装修了没多久,污渍很容易清理掉。它们逐渐显现出新品特有的光泽和诱人的色彩。

弟弟和弟媳在这个时候回来了,比预计的早两天。按照风俗,弟媳老家那边办酒席似乎要吃吃喝喝很多天的。

"你们这么快就回来了?"我问。

"差不多就好了。店里都忙死了,没人了。这几天生意又多,什么都赶到一起了,再不回来就乱了。"弟媳小美拎着一大包东西走了过来。

"姐,这些我有空会做的。"路过我时,她说。

"没事,很快就好了。"

小美走到客厅,放下那一大包东西,花花绿绿的,应该是喜糖的包装盒什么的。他们要包喜糖,同事、客户还有邻居的糖都还没送。

"晚上我和妈妈住吧,用你们的房间太不好意思了。"我对着客厅说。

"哦,你睡好了。我们回去,去小美家。"弟弟在客厅应我。

"那怎么好意思。这太不好了。你们还新婚。"

"我们反正要过去的,喜糖还有其他的东西要带过去。你住着吧!"

我不知该怎么应对了。他们提前回来是我预想不到的。总有很多预想不到的事。我继续洗着碗,打算整理好厨房就帮他们包糖。

小美让母亲也来帮忙包糖,就是数好几粒巧克力放进小盒子里,盒子里要事先垫好填充物——淡蓝色的、细细长长的模仿天然拉菲草质感的纸条。小美将步骤和方法告诉她。但母亲似乎做得不太好,很快又坐在沙发上看电视了。

弟弟和小美讨论着喜糖的分发:

"邻居、同事要两盒,打球的朋友一盒好了。"

"邻居也要送?平常都不说话的。"

"当然要,邻居低头不见抬头见的,还得让他们知道我们结婚了。你那个喜字呢?上次就让你贴的,到现在也没贴。"

弟弟不说话,只是笑了笑。他的胡子有点长,黑黑的、毛茸茸的。他并不是每天都刮它们。

我擦干净手,来到了客厅。

"唉。我早让他贴了,他一直拖着,说要带妈妈上医院看病没时间。但贴喜字又不费工夫的。"

弟弟看了她一眼,保持着之前略显尴尬的笑容。

"怎么?我告状呀,我就要告你的状。还有呢,这喜糖谁该送谁不该送你是一点也不知道。远亲不如近邻,邻里关系可是很重要的。像你那些打球的朋友,意思一下就好了,平常又不见面的。"

小美包好糖就开始贴喜字。我在一旁帮她的忙。门上、窗户上、厨房的玻璃移门上,红色的喜字端正地留在上面。它们要好好地待上一段时间。

贴完喜字,小美谢过我,就收拾东西和弟弟出了门,回自己的家。出门前,小美提醒我,要把她带回来的草莓吃掉,那是直接从草莓棚里摘来的。

洗干净了的草莓被装在塑料筐中,放在餐桌上,红红的,挂着亮晶晶的水膜。

在我们眼里,母亲那幢楼里住着的人——她的邻居、那些每日见到每日相伴的陌生而又熟悉的人们,在我们这些人的眼里,母亲很老了。她就是那样一个老人,步履迟缓,神情迷茫,人们看向她时,她或许是看向别处,又会在你不经意的时候悄悄地注视你,或者在你对着她展开笑容时回报你一个更为真诚更为动人的笑容。她会停下脚步,看着你,笑着,回答邻居的问候——"买菜去啊!""啊。嗯,买菜去。"她也只能简单地回答这样的问候,回答完毕,便各自分开,没有聊天,没有闲谈。

在我们的眼里,母亲是这样一个老人。

我每回想起她,进入脑中的第一个画面就是她现今的样子,一脸皱纹和一头白发。似乎一直以来她就是这副模样,忘记了她也有年轻的时候,比我更年轻的时候。

那个时候,她在另一个地方生活,一个我并不熟悉,只能在别人的记忆里感知的地方。她的家乡,与 S 城完全不同。在那个南方小城,她度过了童年和少女时代。

那个五六岁的女孩,每天无所事事,在宽大的宅院里东游西逛,摘花弄草,把一切都玩腻了后,就坐在自家大门口的台阶上,看着街上来往的行人,等着从省城读书回家的大哥与二哥,等他们扔去手中沉重的行李,一把抱起这个最小的妹妹。

"那个袋子里还装着给我带来的好吃好玩的。我一会儿就闹着下来,去翻袋子了。"

母亲讲述的这个片段,源自她的记忆,而后闯进了我的脑海。翠绿、浅粉,或者是艳红,她的衣服 —— 那个小女孩的衣服,我的脑中总会出现一个个不同色彩的女孩子,一个比我的孩子还小、令人怜爱的女孩,她等待着哥哥们的拥抱。

这是母亲记忆中最深刻的部分,因而也成了我最深刻的记忆之一 —— 关于她的童年。它比我的童年更深刻。我的童年于我是模糊的,我记不得那些模糊的碎片中我的颜色,但母亲的童年的色彩是生动的、真实的,甚至是永恒的。连同那个南方小县城 —— 母亲失去了的家乡,也在我的记忆里永恒起来。

在母亲还不算老而我又已明白事理的时候,她告诉了我这些。她用她家乡的方言(这是她在我面前的唯一语言)和我讲述着过去的一些事,而我则用另一种方言(我出生并成长的地方的语言)回应着她,我们用两种不同的语言交流。我不会讲她的话,一直以来都是这样。这种遗憾在当时没给我带来一丁点儿的困扰。我依旧开开心心、热热闹闹地发育生长，我的成长也未陷入半点的遗憾之中。在那时，母亲是鲜活的，她比别的母亲更活泼。她喜欢领着我满山地跑，喜欢领着我去逛集市。集市里每个摆摊的人见了她都要将她拦下来，他们与她聊天，然后将他们的货品推销给她，红的粉的纱巾、花裙子、塑料镯子、玻璃戒指。母亲不懂得拒绝。我们家因而多了许多花花绿绿的衣服饰品。我站在巨大的穿衣镜前，用它们扮古装美女。

成年后，我与母亲不在同一个城市生活。我们相处的时间有限。在那些蜻蜓点水般的探视中，我做不了什么。我几乎没怎么带她上过街。我们去买过几次东西，去过一次医院，我还带她去剪过一次头发。仅此而已。在匆忙之中，所有相处的时间都短暂到珍贵。大部分时间，是待在她的家里，待到我要离开。

这一次，我打算带她去远一点的地方，她来到这里的这几年可能都没有去过的地方。我要带她去的那条街，是S城最为繁华的商业街之一，它长，宽大，名店林立，极尽奢华，路两旁和车道隔离带还植有定期更换的四季盛开的花卉。当然，我们不会在那里买东西，甚至都不会进入那些商店。这里不再是我儿时的那个小镇，不再是小镇上的集市，没有了那些淳朴又热情的小摊主，所陈列的也并非带着小镇气味、粗糙而又花哨的货品。母亲明白。富丽堂皇的店面和带着精致妆容的年轻店员会让她紧张，她不一定会对那些商品有多大的兴趣，不会想着要去占有它们，不觉得她和它们有什么关系。不过，她仍会好奇——那种对新鲜事物孩子般的好奇，目光停留在她不熟悉的、与她的生活相去甚远的物件上，几乎一头雾水。因而，我觉得有必要带她去，哪怕仅仅是去看看、走走，然后在盛开的鲜花或漂亮的建筑物边拍几张照片。

来母亲这里的第三天，我带她出了门。恰巧碰到冷空气回流，降温，下了雨。雨不大，朦朦胧胧、淅淅沥沥，像这个城市惯有的布满灰尘和阴霾的天空的碎片。

我并没有说去哪儿，只是说带她出去。她就跟着我出去了。进了地铁站，她才惊讶，转过头来看了看我。接着，她说弟弟也带她坐过几次地铁，是去看病。她像小孩一样跟着我，进站的时候我让她走在前面，刷了地铁票之后就轻轻地推着她过那道栅门。一切顺利，她没有被卡住。这一路上，我们很少交谈。地铁不算拥挤。这天是工作日，我们出门时已经避开了上班的高峰期。

出了地铁走几分钟，便是一座寺院，它位于这个城市最繁华的街道上。我带着母亲进了寺院，去进香。

寺院的香火很旺，几经翻修重建，千百年来接受着善男信女们的美好愿望。由于位于闹市中心，它的地方并不很大，结构紧凑，却依旧金碧辉煌。我们进去时，发现很多地方还在修缮，布满了铁架子和墨绿色的尼龙拉网。

天下着小雨，香客和游人仍旧很多，仍旧可以看到老外的身影，他们混在香客和普通的游人之中，拍照，也跟着进香、参拜，大多神色淡然，没有过多的好奇和兴奋。

母亲一直跟着我，离我半米的距离。她看着我，看着我所有的动作。她偶尔也看旁人，或是盯着一个什么物件看一会儿，目光又迅速抽离，闪断地，好像她的肢体看起来也相应地抖动了一下。我曾担心她会有所畏惧，害怕看到那些神像。但她看起来还好，不时朝着我笑一笑，嘴角微微颤动，很轻很浅甚至漫不经心的微笑。她并不是每一座殿都进去，有时她只是站在殿外，等我出来，再跟着我。寺院不大，我们很快就转了一圈，出来了。

在寺院门口，我们看见一个要饭的老人，衣服单薄，像是两件破得只剩下碎布条的旧衣服拼接在一起的。他有一大把花白的胡子，很长，几乎遮住了他整个脸，光着脚，拄着拐棍，拿着一只旧搪瓷杯子，对着行人抖着手。我往杯子里扔了几个硬币，"铛铛"的声音落下时，一位中年妇女走过来，说要给我看相。我拒绝了。她跟了几步，看我依旧冷冰冰的表情，就又回去了。母亲笑了笑，这会儿并不沉默着，而是笑得发出了"嘿嘿嘿"的声音。

雨不算大。我挽着她的胳膊，和她共用一把伞，渐渐远离了那座寺院。

"伊个人，不冷的哇？"过了一阵子，她突然用家乡的方言问我。她说的该是那个要饭的光脚老人。

"嗯，冷的吧。"我用普通话回答她。这是我如今唯一熟练的语言。我只会说这一种话了。我出生的那个地方的方言，在成年后各处异地的奔波中，已丢失得差不多了，而如果用它来和母亲对话,在这样的时候,又显得很可笑。

母亲没再说什么,脸上仍旧带着笑意。这笑意与那些深深浅浅的皱纹一同,构成一幅单纯又美好的图画——自然、随意,不刻意强调光线的静物画。

一路上我都在拍照,用一只黑色SONY卡片相机。我给母亲拍,也拍了许多其他的,车流、行人、建筑和花卉什么的,尝试着相机各种特殊的功能,比如黑白、微缩景观、油画效果等。在这些效果下,惯常的、普通的东西就变成了另一副模样,挺有趣的。母亲看我不亦乐乎的样子,也露出了饶有兴趣的表情,就像小的时候,她看着我做一些看起来十分无聊又充满童趣甚至带点破坏性的事情——那种表情,是母亲的表情。从她的注视中,我似乎又找到了相隔久远的只属于母女的微妙维系,它与那些植在闹市中的花卉一样,散发着清淡的香气。

"你在拍花呀!"在我对着一朵黄色的花朵来回移动相机镜头时,母亲走近了我,看了看相机屏幕上的那朵花。"挺好看的。"她评论着。

我让母亲站在喷泉的前面,或是样子好看的古朴建筑物的旁边,给她拍照。

"好了啊?"在我放下相机时,她总这样问我,仿佛我的回答就是她可以再次挪动脚步的信号,她需要这样的信号来指挥自己的行动。她总是不等我说"好了",就先问了那句"好了吗?"每每必是这样。有时候,在我让她站到什么地方时,她会说:"还要拍呀?"她也只是说说,说完就在我指定的位置站好。对于她这个问题,我不需要多做解释,说这地方漂亮、有纪念价值什么的,任何话都不用解释,只说"嗯""是的"就好了。她就像是已经理解了一般,站好,等着我拍完,等着我那句"好了"。

母亲很上相。尤其是我偷拍的那几张,她的近景肖像,像雕塑。如果我让她笑一笑,她则会露出最为自然的、老人特有的笑容。我在网站上的一些摄影图片或杂志上刊登的摄影作品中看到过类似的笑容,那些生活在乡村、草原、受疾病、饥饿和战争困扰的边缘地带的人们,他们有着和母亲一样的笑容,一样的令人动容。我没法形容那种模模糊糊却又十分具体的感受。我看着镜头里的那张脸——我本该十分熟悉的脸,想象着它的不安、失落和难过,似乎那笑容中,早已包含了这所有的一切。

我看了看时间,估摸着母亲应该饿了,就带她过了马路,拐进街对面的另一条路。那里以前是条美食街。而如今,那些破破旧旧、四处飘香的小吃店不见了,取而代之的是整齐划一、装潢精致典雅的时装店和工艺饰品店。路口的面包店还在,店门外面搭了许多桌椅(带着墨绿色的遮阳伞)。我让母亲坐在店外近门口的餐椅上等我。

这家面包店二十四小时营业,即使是半夜,也仍旧有许多人坐在我们坐的这个位置上喝着咖啡聊天,咖啡的味道随着深夜的空气四处游散。有一次,已经过了晚上十二点,我穿着高跟鞋和朋友刚好逛到这里,脚疼得要命,就坐在路边的水磨方砖台阶上休息,而朋友则去探路,我们好像是迷路了。对于这件陈年旧事,我可能记错了,不是这里的这家咖啡店。我只是在看到它时突然想了起来,它就像一个印象深刻又灯火通明的梦:迷路,坐在路边,面包店的温黄灯光,咖啡的香味。或许,在母亲的某个我所不能触及的世界里,也该有许多这样亦真亦幻的梦。

母亲把奶茶弄到了身上,衣服脏了。我拿纸巾给她擦,和她解释——奶茶的杯子不能像在家里用茶杯喝茶那样倾斜,不倾斜奶茶也是可以由吸管吸出来的,而一倾斜奶茶便从插吸管的孔里流出来了。母亲没说什么。她可能感觉到了拘谨,甚至羞愧。有人进出,看我们。我们就坐在紧靠门口的位置。衣服擦干净了,我让她吃面包,一只放了火腿和肉松的咸口味的面包。可很快,奶茶又流了出来,她的衣服又脏了。这次是更大的一片,钢化玻璃上也流了一大摊,沿着玻璃板向桌沿扩散。她越发地局促不安了,手足无措,任由我在她身上擦拭。

"不要斜着,知道吗?不要斜着,杯子要这样拿着,这样。"我的语气有点硬,语速快了起来,我的句子灌进了她的耳朵。

"我不喝了。"她说。而我,正负气似的擦拭着钢化玻璃桌上那摊奶茶。

她就像个小女孩,羞愧、退缩、逃避,又带点任性,直到缩回自己的壳里才会感觉到安全,拒绝接触一切暗含危险的事物。

"这样……这样……没关系。"我把着她的手,继续把奶茶放到她的嘴边。

她喝了，直到喝不下了（剩了三分之一）。而我的语气随着情绪经历了一个小风暴的高潮，马上就回落了下来。我的耐心又回来了，试图让她再回到原来的路上，继续对付那杯奶茶。她成功了。

我们在外面逛的时间比预期的要长。我不时地问她累不累，她都摇摇头，说不累。母亲年轻的时候，可以一口气走很远的路，有时候和父亲闹别扭，就拖着我们姐弟回娘家，手里抱一个，背上背一个，用那种老式的绣了花的背带，把我绑在她的背上，弟弟则是抱在手中。这些我更多是听别人说起的。母亲偶尔也会说起，说起她带着我们走夜路，半夜离家去杨村，要走两个小时，她害怕，但只能快快地走，一次还碰到邻村的一个疯子在路边大喊大叫、又跳又闹，简直把她吓坏了。在我儿时的印象里，母亲总是走路飞快，我跟着她到这里到那里，跟着她沿着家附近的铁轨走很远的路，到另一个繁华的镇子上。这些印象一次又一次从记忆的深处跳出来。它们像山间流水，甘冽清澈，来来回回反复清洗着我的心。

我总是笃信我脑海里记忆的真实性，深信不疑。而母亲如今的记忆，在我的眼中，却像是老化了的塑料外壳，一触碰就"哗哗"碎落，有很多的细孔、裂缝和断层。如今，我开始怀疑她所回忆的往事的真实性。怀疑并没有减弱我对它的兴趣，相反，对它们我比以往任何时候都感兴趣，希望她可以多说说以前的事，希望我们能对过往达成某种共识，从中获得欢乐，或者我又知道了一些我不曾知道的东西，重新架构一个正常而优质的回忆。我认为，母亲需要，我也需要。

逛完街回来，吃过午饭，我和她聊天，我想听她说些具体的事：她小时候的事，年轻时候的事，包括她学裁缝和学戏的事。遗憾的是，她孩子般吝啬的记忆仓库只打开了一个小口子就很快关上了，只说了点开头就又一脚踏到了别的分岔路上，虚无缥缈的东西取代了具体的人和事。她又开始构建那个只属于她的世界了。

失望和烦躁开始在我的世界悄然升起。耐心，耐心，耐心！我从记忆深处，从我的世界里美好的部分搬出救兵来，试图搭建一座桥梁，可以越过洪流，到达母亲的世界。

"妈妈，你说说你老家的房子吧！你说你小时候想要一脚飞过小睡莲池，又'扑通'掉进池子里弄得一身湿的，就那幢房子，有花园，有大院子的，是你们县里最好的一幢。"

"妈妈，你还记不记得你做姑娘的时候学好了裁缝，要到别人家里去做衣服，你还不愿意去，你只肯在你自己家踩缝纫机？大表姐说你手艺很好，就算不肯上门去给别人做衣服，也有人把料子送到你家来让你做。"

"妈妈，我很小的时候，你讲故事给我听。我还没上学，还不认识字呢！我们面对面坐在门口的泡桐树下，你读着一本厚厚的书，我听着。那本书，还记得吗？"

紫花泡桐浓郁的气味从我的记忆里散逸出来。在那里，花朵掉得到处都是,铺满了我们的脚下。

可是母亲闻不到。不论我怎么引诱,她始终朝着另一个方向。即便踩着我铺的紫花泡桐,也到不了我的身边,我设置的那个终点。

她看不到。在她的世界里,过去的人和事重重叠叠、熙熙攘攘。它们像闹市的人群,像不分季节想开就开的花朵,混乱、无序、跳跃,摸不到边。它们甚至穿越了时空,到达了这里,在 S 城,在某条街道、菜场、超市、她的家里,每天围绕在她的左右。她说着,她想让我知道,那些事都是真实的,那些人都在我们的身边。她努力地说着,音调开始变高。她脸上的笑意渐渐消失,话语、情绪陷入过往的人事中,朝着另一个方向,如失了控的藤蔓,暗绿色的触须在一片虚妄中扩张。

我必须停下来了。

"好了,不说了。你累了。看电视吧!我们看电视。"我拍了拍她的肩。

她停下未完的话。我用更温和的表情望向她。笑容慢慢地又回到她的脸上,她说完了最后一句。

我们都从各自的方向回来了,回到了现实之中——这个房间。

电视机一直开着,里面重播着一档歌手真人秀节目。七位歌手中的一位唱了个很差的成绩,即将被淘汰。他们坐成一排,听着最终宣布的结果,神色凝重。那位即将离去的人,站起来与众人告别、拥抱,眼里闪着泪光。

天黑下来了,我去厨房,热了饭菜,告诉母亲我要出门,去见个女孩。

"就是上次来帮你开门的那个。"

"哦。那个女孩子挺好的。"她说。

她从沙发上起来,在客厅走来走去,嘴巴动动又动动,但没发出什么声音。这次她什么都没问,也没说早点回来的话,只看着我出了门。

我去见 Fly。她的公司不久前搬迁到了桃林路附近的一幢写字楼。于是,我们就约在桃林路上的一家餐馆见面。她要请我吃鱼片粥,说那家的鱼片粥做得很棒,况且今天天气这么冷,鱼片粥刚好合适。

由于是单独约见,在准备礼物上我不用花太多的心思,只需考虑她的个人喜好便可。在母亲家附近的商场的化妆品专柜,我买了一支橘色的唇膏。在粥店的位子上坐下后,我就把礼物给了她。她很高兴,但同时又有点不好意思,说她没给我准备礼物。

可能是来得早了,店里只有我们两个客人。二十分钟后,又来了一对中年男女,面对面坐在我们前面的那个位置。Fly 是和我并排坐的,她喜欢和我挨在一起坐,这样说话似乎有说闺房悄悄话的感觉。Fly 亲昵地挨着我,即便是当了母亲,她说话仍旧是慢腾腾、软绵绵的,带着一股少女的可爱劲。

由于公司刚搬迁,在谈及家庭生活之余,Fly 说了很多工作上的事。可以说,她是一直在吐槽。她说她运气太不好了,差点被开掉。他们的老板有个外号,叫"老巫婆"。这不是她取的,所有人私下里都这么叫她。但那天她和同事用 MSN 聊天时,把一条信息错发到了老板的号上:老巫婆怎么怎么样。

"她简直气炸了,把我叫到办公室狠狠地教训了一顿,说要开除我,说我不务正业、工作懈怠不算,还给老板起外号。我当时是吓到了,心想完了完了工作丢了,稀里糊涂地回了家。后来,同事劝我道歉,我就写了份检讨,发到老板的邮箱,她也没理我,但她也没再提开掉我的事,不过一个月的奖金都扣光了。"Fly 用她软绵绵的声音说着,又说两年前她还真的想辞职,辞职信都交了,当时老板千百般地挽留,还说要给她加工资,她就又留了下来。

"那次,她是真的给我加工资了。唉……想想老板也不坏的。但我和她就是犯冲。这已经不止一次了,这样的事。"

"你也信这个?"我问她。

"大家都这么说的啊!不信也信了。自从搬到现在这个楼里,就哪哪不对。"

"这样啊!"

"哎,我还真的想过,是不是这地方风水不好。"

"可能吧。这种东西,很玄妙。"

"不然我找个人去看看,等有时间。我还没弄过这种事呢。但……最近真是太不顺了。"

"你们为什么要搬?"

"这里租金便宜啊。原来那地方太贵了。老板嘛,反正要节约成本的。"

……………

我们谈论着风水、老板、办公室哲学、家庭琐事、为妻之道,这些话题与我们上一次在一起时(大概是多少年前呢?)有着多么大的不同。十年前,我们因在同一家公司应聘而认识,在一起培训了一周,培训老师极具煽动性的言论曾一度点燃我们的热情。但热情很快回落,我们谁都没去那家公司,而是另找了份工作,各自的薪水都不高。她领第一份薪水的那天请我吃晚饭,在她家附近的麦当劳,人山人海的。

鱼片粥凉了。我吃得很少。Fly 以为粥不合我的胃口。

"最近吃什么都没有胃口。"我解释。这是实话。

在她问我是不是因为弟弟的婚事而过于操劳时,我默认地点点头,好像的确是那么回事似的。我拿起勺子舀了勺鱼片粥。粥很黏稠,比刚端上来时黏稠了许多。将粥盛到碗里后,几乎有一半黏在了勺子上,厚厚的一层。

我们坐了很久,直到店里只剩下我们两个客人。我听她说她的生活、她的家事,到最后,快要离开的时候,她突然停止了抱怨,说:

"嗯……我想想,我其实还挺幸福的。"她的下巴抵在手背上,像是自言自语,目光投向白瓷粥盆,又似乎空无一物。

回母亲家的路上,我给 C 发了条短信。发完信息我出了地铁站,上了过街天桥。天桥上有许多商贩在摆地摊,左右两边都被占去了一大块。走过几个地摊后,手机响了,有短信进来。我立即停下步子,站在一个卖苹果手机套的地摊边。

"晚上你和妈妈睡哇?你和小美说过了啊?"

弟弟问我晚上睡哪里的事。并不是 C。

回完短信,我放慢了脚步。天桥上的灯光像是蒙了层薄薄的雾气,与周围五颜六色的霓虹灯光相比,显得沉闷而又缺乏生气,却让地摊上的货品显得生机勃勃,比在白天阳光下更诱人。各式各样的发夹、围巾、披肩、手套、袜子、雪地靴,整齐地摆放在塑料布上。那些东西看起来是那样的漂亮,尽管如果伸手摸摸它们,就知道那质量并不怎么样,可能买了一个回去,第二天早晨再看它,就一点也不可爱了。

"看看,有喜欢的吗?"女摊主对我说。她抱着一只小熊暖水袋,跺着脚。

我摇摇头,回头看了看另一个方向,一幢四周被彩色条状灯带包裹的大厦,大厦的顶部竖着一幅楼盘广告,在白天的阳光下,它是红色的,而现在,在霓虹灯海里,它黑乎乎的,模糊不清。"富足之后,以何为贵",这是那个楼盘的广告语。白天,过这个天桥去乘地铁逛街时,母亲问过我,这句话是什么意思。我回答她,就是有了钱、富有以后,到底什么才是最珍贵的。母亲点点头,将那八个字的广告语又重新念了一遍。

走过地摊,走下天桥,再走过几个临时支起的经营小炒和烧烤的夜宵摊,就到了母亲住的小区了。今晚我得和她睡。下午我给小美发了短信,让他们回家来住。

次日上午,我打了 C 的电话。这是我在 S 城的最后一天。晚上,我就要乘火车赶回自己的家了。电话响了很久,随之而来的是一个压得低低的声音。C 在开会,说过后回电给我。在我打算挂电话的时候,他突然说:"我回不来了,你不要等我了。"声音还保持着公事中的严肃和决断。

我和母亲正在公园的草坪上散步,是第一天和母亲出来散步的那个公园。雨停了,天气非常好,阳光灿烂,像是早已经进入生机勃勃的春天。草坪上有几个老人在抖空竹,还是第一天来时我看到的那几个老人,连衣服都没有换。空竹被高高地抛到空中,划出美妙的弧线,落下,稳稳地接住,再度停留在绳线上,飞快地转动,"呜呜"地响。

这样的天气,如果不待在阳光下,不待在草坪上,而是坐到公园的阴处,比如凉亭的椅子上,就会感觉到冷,寒意很快就从手指末端流到了足尖。我拉着母亲待在太阳底下,和那些老人一样。

今天我谁也不见。我想着。在这里,我还有熟人,有同学,有朋友,但我不想去见他们。

我想起我从家里带来准备送给 C 的礼品。又该怎么办? 那么重,我花了很大的力气从家里带过来,现在又要带回去。留下来给弟弟他们? 这种东西,也只是当作礼品最为合适。那几瓶杨梅酒。两盒,每盒三瓶,很精致的玻璃瓶,里面是淡红色的液体,泡着一粒粒仍旧新鲜的杨梅果实。

或许我可以寄给他,我有他公司的地址,我曾给他寄过贺卡。离上车还有不少时间,我可以做好这件事。决定了之后,我继续陪着母亲散步,离开公园又去了别的地方。

吃过午饭,我就开始处理那些酒。我事先在报亭买了点旧报纸,去小卖部找了纸盒(这个费了很多时间,跑了很多家店才找到合适的,一个装红酒的看起来挺结实的纸箱)。我改装了那个红酒纸箱,裁掉了上面的一部分,大概四分之一,然后把杨梅酒的礼品盒拆开,把酒一瓶一瓶放进去,填塞了报纸。后来又觉得不妥,酒瓶子可能还是会晃动,要更结实点。我又把酒重新装回礼品盒,在礼品盒里塞满报纸固定好每一个瓶子,再把两个盒子放进底部垫了一团一团报纸的红酒纸箱,上下左右包括两个礼盒间,又塞了许多报纸。

母亲看着我弄这些,问我要干什么。"酒啊?"她紧接着又问,她看到了红酒纸箱上的图文。"嗯。要寄出去。"我简短地回答。她站在一边,想和我说些什么。我今天就要走了。可我在对付那些酒,客厅里摊了一大堆的东西——报纸,用不了的纸箱(装苹果的),还有裁剪下来的纸屑。她又回到了房间,不时出来看看,又进去。

困难的不是包好这些酒,是 S 城竟然没有一家快递公司愿意递送酒类物品。大的小的,我按着网上搜索到的地址,打了许多电话。我从弟弟房间的电脑上抄了那些电话号码,跑到母亲的房间用那部固定话机打电话,然后又跑回去继续搜索。只有一两家大型的快递公司可以送酒,但也仅限于洋酒,普通的酒类不做。我一次又一次地被拒绝了。他们的接线员有的客气、有的粗暴,或硬或软地把我的请求踢了回来。我只是想要同城快递(慢递都没关系)几瓶酒而已,我把它们包得很好,只要快递员不狠狠地把箱子往地上砸,何况真要是碎了我也不会向他们索赔。这看起来是个多简单的要求啊,我甚至可以多付给他们快递费,只要他帮忙把酒送到。快递业如此发达的今天,这竟然成了一个难题。我能做的,只是打电话,一个接着一个。

母亲又回到了我的身边,和我说她的事。那个谁谁谁,谁又好,谁又坏。她的小火山里的岩浆开始活跃、翻滚。我知道是怎么一回事。每次我离开之前她都是这样,焦虑、不安、无所适从。

而我还在打电话。

"我在打电话,我有事要做。我等会再和你说。"我想让母亲安静一点。

她走开了,从阳台拿了一个小盆栽,手掌大小,说要让我带回去。她要送我盆栽。她已经送了我很多东西,衣服、裤子、儿童玩具、识字卡片、甚至裁纸刀、竹制绢纱折扇……能堆满她整个床。我拿不了,只挑了其中一些,其余的又放回了衣柜边的那个塑料整理箱。

我让母亲把盆栽先放在了一边。

她还是没能够安静下来，只是不再跟在我的身边，她离我远了一点，嘴角动了动又动了动，说了些话。

她在房间里走动，说话，走动，停不下来。

我终于找到了一家快递公司，接线员让我联系快递员，如果他同意，那就可以了，其他的事公司概不负责。接着，我打电话给那个快递员，在我的解释下（我几乎是发誓，如果破损不会让他赔），他说可以，晚点来取货。我还是不放心，又接着联系了别的快递公司，直到我把网上找到的那些电话全部都打完。它们全都拒绝了我。

到了约定的时间，快递员还没来。我原本以为充裕的时间只剩下一点点。我就要提着行李去赶火车了。我继续打他的电话，催促他，让他守时，他向我发牢骚——你这个东西我可以不送的，本来按规定就不能送的，我也是瞒着公司去替你送的，我又没有说不来！

我几乎要火了，但我没办法发火，我不能像平时那样要求快递员：礼貌、守时、服务周到，不满意还可以向他们的公司投诉。我仍旧得耐着性子和他说："麻烦你，我要赶火车（这个我早和他说了）。""好吧好吧，我很快就到。"他不耐烦地说。

我几乎筋疲力尽，坐在椅子上，看着客厅那一大堆的纸垃圾。母亲看着我，她要送我盆栽，要让我看东西，她刚才拿出来又放了回去的东西。

我又起身，去收拾了那些垃圾，把报纸和碎屑都捏成团，扔进一只苹果纸箱里。

我口渴得要命。

快递员终于来了。我替他开了一楼的门锁,抱着纸箱出了门,在三楼楼梯口遇见了他。他拿走了纸箱,重复着"不能保证什么,要是碎了可不管"这样的话。

他收了我两倍的价钱,我上了楼才意识到这点。

母亲在客厅里走动。盆栽被她放进了一只白色的小塑料袋,放在客厅的桌子上。那个盆栽是她养的许多盆栽中的一个。她养盆栽只有一个方法——浇水,盆栽们每天被她浇得湿漉漉的,很多因此而死掉。

我朝她笑了笑,喊了她。她说让我看诗。"你喜欢吗?"她问,一边匆匆地走回卧室,拉开抽屉,拿出之前打算给我看又放进去的那个本子——她的记录本。

淡绿色,软皮,薄,但纸张厚实。一个漂亮的本子。递给我的时候她已将本子翻到第一页:

今天 5 月 17 日熊猫裙子

明天 5 月 18 日鸭衬衫

昨天 5 月 19 日鹅毛衣

今天 5 月 20 日老鹰羽绒服

……

今天 5 月 26 日糖果

明天 5 月 27 日向日葵

昨天 5 月 28 日柳树

……

今天 6 月 7 日发夹

明天 6 月 8 日书包

昨天 6 月 9 日钱包

今天 6 月 10 日门卡

明天 6 月 11 日温度计

……

漫漫长夜过去时，

迎来拂晓，没有饥饿，没有饥寒，

芳草地上鲜花开满。

最后几句，似乎是一段歌词。"饥饿"二字，她写的是繁体：饑餓。我想起，她学字时，简化字还未盛行。

（首发于《十月》2016 年第 1 期）

波光粼粼

它钻进了二楼住户的空调孔——那个没有粗管线伸出、四周布满铁锈和泥渍的圆孔，一截尾巴还露在外面，不伸展开是黑色，伸展开就看到一刹那的白。不知道是什么鸟。应该是某种雀，小小的，比麻雀略大，黑色的头颈，白色的腹部，黑色的羽翼两侧有两条长长的白纹。在冬天，它们像一只只跳跃着能够发出清脆叫声的饱满羽毛球。

我看着那只黑白相间的"球"从空调孔钻进钻出，跳上防盗窗顶棚的蓝色铁皮，再跳到下方浅黄色的横向煤气管，看着它的尾巴一翘一翘的——它应该还能发出某种悦耳的叽叽喳喳声，只是我没能听到。我正站在它对面的窗口打电话。

电话另一头是我的舅舅。我正和他解释我的身份。我已经很久没联系他了——有两年多了吧，加上他年纪大耳朵不好使，让这事变得有点费劲。"我是你的外甥女，我是方琳，方琳。"我重复着。要是再大点声，就足以把对面那只黑白相间的鸟球吓跑。

舅舅正走在路上，声音充满疑惑、略带警惕，混杂在汽车喇叭、电动自行车的滴滴声以及街市上鼎沸的人声中。他已经八十岁了。我没法要求他那么快将好几年没露面也没联系过他的外甥女的声音辨出来。

那只鸟飞走的时候,舅舅总算听明白了,用一种恍然大悟且欣喜的语气重复了我的名字。

"你怎么样,还好不好?"紧接着,他问我。

他先问我好不好。我本来该问他好不好的。可我在费了这么大劲才让他明白我是谁之后,竟哑然了。我得重新把那些被舅舅打碎的话再组织起来。他的问候却是顺手拈来。就像很多年前我上学时那样,我是回答他问题的那个。他问我学习怎么样,生活怎么样,考试怎么样,问我爸爸妈妈身体怎么样。

"我很好。现在正上班。今天不太忙,就打个电话给你。你怎么样?身体还好吧?"我说。今天不太忙——这话让我觉得不对,我以前从不这么给他打电话。

电话那头响起了"咕噜咕噜"的声音,不是马路的噪声。那声音来自舅舅的身体,从喉咙口出来,流转了无数个基站,传到了我的耳朵里。这不是我所熟悉的声音。好像电话那头是另一个拥有舅舅的声音却不停发出奇异咕噜声的兽类,而不是我曾经熟悉的那个在我年少时期每学期给我写一封信的舅舅。

我离开了窗前那片平淡无奇的风景,出了办公室,穿过一条长长的走廊,拐弯,沿着一段灰扑扑的楼梯走到了五楼。那边有一家单位刚刚搬离,装修公司还未入驻,悬着红色挂锁的玻璃门内,有几把上了灰的黑色办公椅和一些散落在地上的废弃文件。我迅速扫了一眼,站到了楼梯转角处的窗户边。

那里可以望见更为广阔的淡蓝色天空,不再有一整排居民楼屏障般地阻碍着我的视线,可以看见下方的马路、马路边高大的樟树,以及被樟树巨大树冠掩映着的路边商铺。行人正在冬日依旧浓绿的樟树叶的缝隙里走动。饭馆的女人拎着黑色塑料袋出来倒垃圾。两手插在裤袋里、染了黄发的青年正从垃圾桶边走过,向她投去漫不经心的一瞥。

舅舅那边的喧嚣声弱了下去。他大概在路边找到了一个相对僻静的适合打电话的地方。他正以一种温和又缓慢的语调和我说着话,说他的身体很好,除了耳朵不太好使了,别的什么都很好。他说现在打电话不太方便了,电话里的那些东西,他有时候只能听清一半。我说什么他都说,好,好好。他说话的节奏依旧没有任何变化,包括他的声音。这种声音我曾经觉得很好听,不像一般男声那般的粗粝,带着女性的细腻,却不阴柔,是一种混合着流动的泉水与静止的江流一般的声音。

他问起了我的母亲,还有弟弟。他问我母亲在不在我身边。我说在弟弟那里,在 S 城。弟弟在 S 城,我又补充。他没说什么,只说好好好。

他知道弟弟在 S 城。这些年来,弟弟不可能像我这样不给舅舅打一个电话。他联系过,我知道。他或许还回去看望过他。那么他为什么还要问母亲是否在我的身边呢?他认为我打电话给他是出于母亲的授意?还是他认为母亲应该待在我的身边——他们曾经都这么认为。

也有可能,是我想多了。毕竟他是一位年过八十的老人。

我不能要求他仍有一副年轻人的逻辑。

"舅舅,我这周末回淳城一趟,到时候来看你。"我看着下方减速驶过的一辆红色宝马轿车,笑了笑,放大了音量,以一种略带欢快的语气说。

"好好。你来,一定要来。"舅舅和一旁的舅妈说了两句——意思是方琳要来。

"好哦,好哦。"舅妈的声音清楚地传了过来。

舅舅说周末在家等我。接着,他告诉我他搬家了,换了个新的小区,还告诉我乘车路线,11路车到底。11路。他说。可他没告诉我在哪坐11路。其实我用不着坐11路,我们有一辆车,就算不开车也可以叫出租车。打的,我和他说,我会打的。打的。打出租车。我又说了出租车。他懂了,并把他的小区名字告诉了我,让我到了给他打电话,他下来接我。他没有告诉我是几幢几〇几。他怕我记不住,又重复了一遍小区的名字——东安花苑。

"东安花苑。嗯,我记住了。"我用背书一般的语气重复着。

"阿基,阿基。"斌斌朝着正坐在餐厅吃晚饭的我说着,黑玛瑙一般的眼睛望向我。他站得直直的,蓝紫格子的棉纱口水巾的结从颈后跑到了右侧的肩部,他正用左手拉扯着它。但他要和我说的不是那个当围巾用的口水巾,而是他的小车。

"嗯,掉了。去,去捡起来,乖!"我指着那辆背着黄黑相间搅拌桶的红色小车,又指了指他自己。他便迈着企鹅一般摇摇晃晃的步子,走向了他的小车。在离车子还有一小段距离时,他蹲了下来,身体前倾,伸出了手,却还是够不到车。他对距离的判断还未能准确。但他立即趴到了地上,左手撑着地面,右边的膝盖往前挪了一步,便轻易拿到了他的车。

"真棒!"我说。

"宝宝乖,接着玩。"正用一把白瓷大汤勺舀汤的家扬说。

是笋干老鸭汤。家扬母亲将那只大汤碗往家扬那边挪了一挪。

小汽车落地之前,我正在考虑是否要和家扬谈谈看望舅舅的事情。东安花苑,我在心里重复了一遍这个名字,觉得有点土气。我没听说过这个小区,不知道它具体位于县城的哪个位置。

这天是周五。我和我的老板请完假——回淳城计划是四天,除去周末,我得请两天的假——将这两天可能会发生的意外状况向关系好并信得过的同事交代完毕,再给窗台上的那些绿萝、吊兰、常春藤浇够水。

"你不用把花浇得那么湿啦,水都流到墙壁上了。干了我会帮你浇的,反正也就四天嘛。"浇水时,同办公室的女孩说。

反正也就四天嘛。就在女孩脆生生带着些许娇气的声音里,我想到了舅舅。

这么些年,我都没有想起他——我知道这不应该。那一刻,我却突然想起他来。是声音吗?女孩的声音里有某种和舅舅相似的特质?事后仔细想想却不是。但拨上我心里那个开关的,的确是那脆生生、带着些许娇气的年轻女孩的声音。它让我意识到了我的错误,甚至令我羞愧。

女孩和我说完话，就在电话里与她的男朋友谈论周末的安排了。在她与男友旁若无人的亲昵交谈中——她总是这样，爱他爱得要死——我有了与舅舅打电话的冲动。我想去看看他。这本来在我们的计划之外。

最初，去淳城是家扬的几位朋友提议的。淳城以湖光山色著称。按他们的话说，早就该去了。"去你老婆的老家好好玩几天。"他们就这么说的。

斌斌抓着他的小车，迈着婴儿式摇晃的小步子走到了我的身边，把头埋在我的大腿上。他想要抱抱。或许我一抱起他，他又会轻轻扭动着身体，让我把他放下来。我把刚夹起的蒜苗肉片放在了我的碗里，抱起了他，顺便吻了吻他柔软的面颊。

"阿基，阿基。"他在我离开餐椅时扭动了身体，整个身子朝着地面倾斜。我只好又放下了他。

"抱他干吗，让他自己玩。"家扬喝完汤，从纸巾盒里抽纸，连续两张，动作干脆而迅速。

"小孩嘛！"婆婆说道。

"来！爷爷吃完了，爷爷陪你玩！哒哒，哒哒哒！"爷爷手里的小枪已经指向了斌斌。斌斌扔掉了小汽车，像只小企鹅一般摇摆着跑向了他的绿色鳄鱼枪。

我担心他会摔跤，可他在我的注视之下脚步突然变得稳妥，安全地绕过餐桌的转角，在即将抓到他的鳄鱼枪时还记得放慢了步子。抓到枪之后，他转过头，朝着我咧嘴一笑。

我不再想东安花苑的事。

"新买来的奶粉放在老地方。医生说奶量一天要五百毫升,所以晚上睡前还是得泡两百毫升。"趁着婆婆起身收碗时,我说。

"知道。你还有什么不放心。斌斌白天不是一直都在我这吗?现在也就是多放三个晚上。"

"鱼肝油别忘了。还有补锌。"

"知道,知道。哎呀,你不要让他坐在地上啊!这个瓷砖,这么冷的天,多少凉呐……那个泡泡的他不爱喝,你下次还是买一支一支的那种吧!"

她说的是葡萄糖酸锌口服液,一支一支的,泡泡的是甘草锌粉末。

斌斌被爷爷从地上拽起,不情愿地发出"嗯嗯"的声音。

"泡泡的是上次去医院时配的,估计是甘草的味道他不喜欢。一支一支的那种要去药店买,下回我再去买点。"我向她解释。

泡泡的、一支一支的,她的描述总是这样,得理解得透彻而又迅速。

这不是问题。问题是她要我帮她带虫子,她的朋友托她的——是很要好的朋友,年轻时在一个车间的。她强调。别人我可不麻烦你们了。她让我们逛街的时候留意一下。

虫子并不好找,不像水果或是什么五花八门的土特产。两年前,我曾经帮她带过一次。它是一种长在某种带刺的木本植物里的肉虫,其实就是树段段里的蛀虫,只不过并非每种树里的蛀虫都像这种那么值钱。家扬母亲，也就是我的婆婆，说菜场要卖一百元一条，而且很难找到，要碰巧。据说淳城有，说是有人去旅游时就带回来过。即便我从未听说过这种有大补功效的虫子，却还是同家扬几乎踏遍了整个县城，最终在中医院门口那段上坡的台阶上，看到了那个守着一堆树段段正与旁边卖芝麻核桃粉的大妈聊天的瘦高个中年男人。我们买走了所有的树段段。

"你们运气好啊。我刚从山上下来。这东西不是想买就买得到的。"买树段段时，那个男人这么说。他还教我们怎么伺候那些肉虫子，说不能闷着，不能热着，不然就死了。

"等斌斌再大点，也得给他吃点这虫子补补。"她说，"比药店买来的那些东西好多了！"

斌斌正蹲在地上，玩他的红色小汽车。外公坐在一边的沙发上。对于这种发条汽车，他还不知道要先把车子倒退，等上满了发条再松手，车子就会独自飞快地向前。他的手正用力地按着汽车的车身，车子在"咔咔咔"的声音里向前挪动。

"他还这么小。"我看着斌斌。没错，他连外婆都还没学会叫。

"再过两年就可以吃了。大补的。这你还不信吗？"

"信！"我回应。

这回答就像个玩笑。我不确定两年之后，我是否真的会听从她的建议，给斌斌吃她在炒锅里焙好的硬邦邦、颜色已经变得焦灰的虫子。但有一点我十分确定，此刻我不想陷入一场关于虫子的毫无结果的争论。

如果家扬不与我同行，我不知道他母亲是否会让我帮她带虫子。这种事从来没有发生过，每次去淳城家扬都会同行。当然，这种时候不算多，在我母亲搬离淳城之后，就更少了。

即便是我独自去，我想我也会答应下来。"我找找看。"我会这么说，用一种不那么确定的语气，实际上肯定会抽出时间，满大街地去帮她搜寻她想要的东西。不只是她，换作任何一个与我的生活有着密不可分交集的人，我都会这样。

虽然不那么喜欢，但是依然会去做。这种事情近年来我做了不少。就像坐月子时吃炒猪肝——因为得补血。又比如带着斌斌逛公园时，和同样在阳光灿烂、微风习习的公园里溜娃的主妇们聊天。她们不说上半小时不会住嘴。而我更倾向于说上几句就离开。不过公园也就这么大，不出十分钟很可能又在另一棵树或另一个阳棚下遇见，我得用上十二分的耐心和诚意与她们谈孩子的奶粉、尿布以及出牙、睡觉诸如此类的话题。这是许多年前我不能想象的。那时我还看科幻小说，期待着的是遇见一个从天而降、有着绿皮肤或是紫瞳仁的外星人，而不是一个逛公园的大妈。

这一回，我还跟着几位我并不是很喜欢的男性一同出游。不很喜欢，不是讨厌，这和他们的习惯品行无关。我只是没把他们当成我自己的朋友。他们是家扬的朋友。

这不是第一次。我们这个小团体去过不少地方。我是其中唯一的女性、家扬的妻子——第一次去时还是女友。阿良。大林。还有小郑。我们五个人。这次去淳城也是我们五个人。

阿良以前是家扬的同事,在他们公司当过一阵子驾驶员。阿良年轻的时候曾在驾驶学校待了一年,专业学习驾驶技术。所有关于车的问题,他都很懂行。因而每次出行,开车的任务都交给了他。

出游是件令人愉悦的事,更何况还是一个利于出行的好天气。在这个冬天的晴朗的周六早晨,那辆充满旅行气氛的银色别克商务车拉着我们出了城,开上宽敞的省道,接着进入高速公路。

一个多小时后,我们进入服务区。阿良他们去买饮料、小解的时候,家扬和我在一家卖汤包的店里买了包子。之后,我们在停车场的花坛边一边吃包子一边等他们。他们或许还要逛会儿,抽根烟什么的。我们就坐在花坛的大理石沿上等他们。赭红色带着金色及黑色片状花纹的大理石。除了我们,还有两三个人坐在那地方,真是冰凉透顶。我站了起来,看着对面服务区商店大片玻璃墙上自己身穿灰色夹棉风衣的臃肿身影。这里的影子比镜子里的更真实。

"这次我们回去,和你妈说过了吗?"家扬也站了起来,将脚底的几片干枯的叶子踩得"咔咔"响。

"嗯,提了一下。"我理了理围巾。

"她怎么说?"

"能怎么说? 她一般都不会说什么。"我冲他笑了笑。他于是也笑了笑。

我不是在揶揄他。我心里没这意思。

家扬从不了解我和母亲到底能说些什么。我也几乎不当着家扬的面和母亲打电话。除非,是逢年过节的例行问候,三两分钟说完挂掉,果断、迅速,谁也不拖泥带水。

他问起我的母亲似乎是出于礼貌,一个女婿应有的礼貌。我想他应该不太喜欢我的母亲,虽然他从未表现出特别的讨厌,对这样一个固执又有点神经兮兮的丈母娘。她见了他总是笑嘻嘻的,每次去她家,总会给他准备一些令他尴尬的礼物——一件过时的衬衫,或是一条劳工气质的裤子。她不会逼着他试穿,她从不逼着任何人做任何事。"你带走吧!"她就笑嘻嘻地说。她和我说。我也只能带走。可我不能把这些东西装进家扬的衣柜里。

他和她没什么话可说,除了吃饱穿暖、身体好坏之类的问候。这么说来,私底下不打电话才是明智的。

我和母亲说要回淳城还是周二的事。那时给母亲打电话是为了处理别的事。对,处理。这个词或许在往后的时间里将频繁用于我和她之间本应出于情感维系而产生的交流。

这次是处理一只兔子。

弟弟在 QQ 里给我留了言——妈又养兔子了,家里很臭,你去和她说说。

他的留言通常很短。但我足以从这不到二十个冷冰冰的字眼里感受到他的焦虑,一种掉进了兔子窝的惶恐。这不是第一天。

兔子说不定已经从一小团白豆腐养到肥肥硕硕足以生儿育女。

"我以为你不会和她说。毕竟是去玩的。"家扬又坐了下来，将手中的塑料袋团成一团，放在身边的大理石花坛上。随后，他架起了二郎腿。他从不抖腿。我讨厌抖腿的男人。他只是那么架着，这种姿势让他感觉更自然、更放松。

我看了看他，又笑了笑。他到底在担心什么？如果不是他身上透出的那股子松懈，让我觉得这未必是他没话找话的一个话题，旨在打发时间，我可能会好好地嘲笑他一番。

"为什么不能和她说？只是回去看看，我没说是去旅游。她也没问我待几天。周六去周日回，她以为是这样的。以前不都这样吗？"

家扬点点头，不再说什么。他看见了另一头的阿良。他们正站在洗手间附近的空地上抽烟。他朝他们招了招手。

他不知道那只兔子的事情。他也不清楚母亲和弟弟这几年里为这些莫名其妙的宠物而起的那些大大小小的冲突。他什么都不知情。他一年一次陪我去 S 城看望她时，他也看见过她的宠物——金鱼和乌龟，还有在笼子里不停滚圈圈的仓鼠。还有别的吗？兔子和鸟呢？它们会被藏起来。有时候。

我并没有让母亲把她的宠物藏起来。或许弟弟授意了。但弟弟不和我说这个。很多时候，他是个沉默寡言的人。除非和家扬说到他熟悉领域的一些技术问题，他才会侃侃而谈。

就是这样，如果家扬处理这类烦琐的家事有足够的经验，那或许我会告诉他兔子、金鱼或是鹦鹉的事,以求得一些可靠的建议。哪怕他对养宠物有什么经验也行。但他不养这些东西,包括他的母亲,连一只狗都没养过。

我的母亲曾经也是如此。在我们小的时候,她从没养过什么可以称之为宠物的东西。在乡下住的那几年养了几只鸡。但那也是父亲在喂养,她从来没管过那些鸡。那些没能被调教的鸡,总是把她养在院子里的茂盛的美人蕉和夜来香给啄坏了。她还为此生过气,拿着扫把赶过它们。

父亲去世后不久,母亲就到了弟弟工作的城市,与他一同生活。她养宠物是那时开始的,最开始是在鱼缸里养了几条金鱼。那些金鱼很漂亮。最初,母亲会和我说她买了什么样的金鱼,水泡眼、狮子头、大红、墨黑、银白、深橙、五花,那鱼多漂亮多美多水灵。那时,我给她打电话比现在频繁,我怕她到新的地方不习惯。因而她在电话里兴奋地谈论她的金鱼时,我还为此欣慰了一阵子。我觉得她迅速地调整了自己,适应了那个连我都未必能适应的魔幻大都市。可金鱼不好养。母亲完全没有经验。我不知道她是出于何种原因养起金鱼来的。她不像一般的金鱼迷那样费心去研究养鱼诀窍。她连卖鱼的人交代的最基本的喂养常识都会忘记。不多久,我就要在电话里"处理"金鱼的事了。她的鱼一条一条死了。她不明就里,没气急败坏,却伤心欲绝。"她的鱼一般都是被撑死的。"弟弟是这么说的。

除了金鱼,她还养过仓鼠、巴西龟,甚至还养过鸟。"绿色的小鹦鹉,叽叽喳喳。你永远都听不懂它在说什么,它却一副总能明白你在说什么的表情。"她这么和我说。

家里搞得一团糟。弟弟觉得他都快住不下去了。但他不能去住宾馆。住宾馆太贵。实在受不了,他也只能到某条街上逛一逛,连去找个朋友喝酒都不行。他不想喝醉,更不想喝醉时向朋友抱怨自己的母亲,那一堆乱七八糟的宠物。这是不光彩的事情。弟弟认为这会伤了他的自尊。我能理解。我想我不和家扬谈论此类的事情,多少也有类似的原因。他一定会告诉他的母亲。他的母亲或许又会告诉其他人。

每一只动物的死去,都会给她带来巨大的哀伤。

"为什么我会养死它们呢?为什么别人就不会?"

她弄不明白。她甚至不确定她所说的别人是谁。她没认识多少这样养花鸟虫鱼的别人,除了宠物店的老板。

她觉得她把我和弟弟养得好好的。我们都健康快乐,成绩优秀。不是吗?我们曾经是她的骄傲——现在呢?或许还是。

一次又一次因宠物离世带来的哀伤以及与弟弟一轮又一轮的争吵,对她是种折磨。有一段时间她不再养了。"我不养了,再也不养了。"她发誓似的在电话里说。

半年之后,她又养了这只兔子。周二那通电话费了我不少口舌。我劝她将兔子交于弟弟的朋友养。他有个很爱养兔子的朋友,我这么和她说。我说兔子能得到照顾,还能去配种,能生小兔子,至少不会死。一定不会死啊!她动心了。

"是吗?"

"是的。你放心好了。"

"那……好吧。"

我编造了这么个朋友。我撒了谎。在我成年之前,我从不对她撒谎,也不对其他人撒谎。她的确把我们教养得很好。

事实上,我只能让弟弟将兔子笼带到小区附近某个公园的绿地上。偷偷地带去,然后偷偷地离开。公园那么多人,或许哪个经过的孩子看着喜欢会央求他们的父母把它带回家。

弟弟在 QQ 里给我回了个大大的笑脸。

第二天九点钟不到,他给我发了条短信,说感觉像是在扔孩子。他又把兔子带回了家。所以那天他上班迟到了。

"嘿,走了。"家扬拍了拍我的肩。

上车后,家扬和阿良他们说了一下第二天的安排。阿良他们三人先买票上游船去岛上。车子留给家扬,他带我去趟墓园给父亲扫墓。说好他们玩得差不多了就来找我们,时间要是早的话就再去个地方,晚了就去街上逛逛买点当地特产。所有人都没有异议。

除了我,每个人都面露着期待的神色,包括家扬。他才是这次出游的真正向导。他正在和车里的男人们讲,去淳城的路上会经过一个以溶洞著称的景区,问他们是否想去看一看。

他们怎么可能不去呢?这个临时决定简直像是一个从天而降的意外惊喜,连在景区外农家乐的午饭也变得津津有味。

那个溶洞潮湿、闷热,和这个寒冷的季节很不相称。我走得慢,家扬陪着我走在了最后。洞内的石头们被灯光渲染得瑰丽无比,那些细小的晶体在粗粝的石面上闪闪发光。家扬不停地拍照,他希望我能给他的照片增添一些活跃的气息。

我配合着,但并非十分地热情,他看得出来。他让我靠在一块被灯光打成蓝色、布满白色结晶的如瀑布般跌落的石壁上。

"头向左侧,露出右半边脸。过了。再往右一点。好了。再笑一笑,一点点就好了,牙齿不要露出来。"

我照着他的指示做着。他虾一般弓着背,半蹲着身体,按下快门时脸上似乎也露出了满意的微笑。

"那件事你说得太晚了,再临时提出来我怕他们会有想法。"家扬向前走了一步,拉起了我的手,让我顺利地走过一块凹凸不平的石块。

"我知道。"我跳过最后一块石头,稳稳地站到了他的面前。

晚?的确。昨晚十点一刻,我才和家扬提及要去看望舅舅的事。我们在婆婆家哄完斌斌睡觉,再回到家,简单地收拾了行李,然后到卫生间洗漱,我把一条蓝格粗绒擦脚布递给家扬时说的。

"后天我们要是去石林景区,一早就得出发,就明天一天在市区。要扫墓,还得去抽空替老妈找虫子。就算明天中午去你舅舅家,也不可能吃完饭就走啊。我们是带阿良他们去玩的,你不可能真的就把他们带上船就让他们自己玩吧。我们一开始就说好了,带他们去玩,另外再去看看爸爸。扫墓这事,他们都能理解。最重要的是一开始就讲好了。"

"可我已经答应舅舅了。我有很多年都没有去看过他了。你知道我和那些亲戚不走动的原因。这次再不去……我不能这样。"

"你想今天去?就算不来这个溶洞今天也去不了,到了那边也下午了。我们把阿良他们扔下,去你舅舅家吃晚饭,这说得过去吗?"

"我没说要今天去。总能挤出时间啊。明天晚上,明天晚上总可以吧!我去和他们说。他们不是什么事情都不能商量的人。"

"你说?他们能不同意吗?这不是同不同意的事……小心!"

他提示我脚下凹陷的石块。溶洞不是什么适合谈事情的地方。这里只适合充满闲情逸致的散心和游玩,一旦有什么伤脑筋的问题占据了头脑,就有可能会遭了某块石头的暗算。

"你们女人总喜欢把所有的事情都牵到一起来。玩就是玩,探亲就是探亲,一码事归一码事。这多好!"

我冷笑了一声,不再说什么,也没有去拉他下意识伸出、试图来牵我的手。我快速向前走了几步,进入一片被灯光照成玫瑰色的石块的巨大阴影之中。

我们在傍晚时分到达淳城,找到宾馆、办好入住手续并停好车之后,就步行去吃饭。他们也乐于步行,一边慢慢地走,一边东看看西看看。看起来,他们对这个整洁干净的小城的最初印象还不错。

我们去了我和家扬之前常去的那家小饭馆。它位于一条蜿蜒直上的弄堂的尽头,在一座长满了马尾松的小山的脚下,叫碧波酒楼。那里做正宗的本地菜,和沿湖的旅游饭店不同,不用担心被宰。只有本地人会找到这么幽深的地点用餐。当晚,我们是整个大厅唯一不带本地口音的顾客。我们在透明的大玻璃鱼池里选了一条三斤重的鲢鱼,鱼头和鱼身分开烧,又点了些别的菜。身着一条暗橘色粗呢套裙的苗条老板娘依旧十分热情。她换了发型,之前是大波浪卷,现在是干脆利落的斜刘海短发。家扬进店便和她说"我们又来了",好像她还记得我们。老板娘说:"你们有段时间没来了。"家扬说:"是呀,老婆怀孕、生孩子什么的,就没回得那么频繁。这次专程回老家探亲,顺道带朋友来玩,刚到就奔你们店里了。""那是,那是。吃了这么多年,还是我们这里好哎!"老板娘脸上的笑容始终热情又真切。她说结账时再给我们打个折。在她拢了拢刘海去接待另外两个进店的客人时,阿良便打算跟着提着网兜的师傅进后厨。家扬叫住了他。

阿良便又折回来,与我们一同随着服务员坐到了靠近空调的桌子边。那里离窗比较远,看不到外面的风景,我的位子正对着饭店入口处的一座木雕大屏风。那上面雕刻了大片的牡丹,为酒楼增添了不少富贵的气势,使之更称得上酒楼而不是普通的小饭馆。而我上一次到这里来吃饭,那个屏风处还是点菜台的一部分。

整个酒楼都做了一些装潢。我们落座的仿红木桌椅,以及我身后那个正不断输送热气的立式空调,都是新的。

酒楼的生意越做越大了。记得我与家扬第一次到这个地方来吃饭,这里还是盐业大楼招待所的小餐馆,用餐的地点也不在二楼,而是在一楼。那时候看起来像国营饭店大食堂,服务员均为穿着白大褂、带着白袖套的中年大妈。她们麻利、谨慎而又热情,笑容就藏在眼角挤堆的皱纹里,会善意地提醒我们两个人点的菜有点多了。

"这里又装修过了。"我说着,转动着玻璃转盘,从姜黄色塑料抽纸盒中抽出两张纸擦了擦面前的玻璃台面,白色纸巾上很快沾上了一些裹了淡黄色油污的灰尘。很快便有人仿效了我的动作,擦起了台面。于是我又再度抽出纸巾,准备帮家扬也擦一擦。他接过我手中的纸,心不在焉地随意扫了几下,便将纸扔进了一边放着的一个明黄色垃圾桶。纸团擦过桶沿,落在了外面。

等菜上桌时,我给弟弟发了一条短信 —— 我回淳城了。

明天上午去给爸爸扫墓 —— 紧接着又发了一条。

弟弟没回我。我按亮屏幕,看了一眼,带着蓝色遮阳帽的斌斌正向我露出婴儿特有的娇嫩笑容。之后,我拉开双肩包的拉链,将手机放回了包里,顺便将钱包、纸巾、充电器、润唇膏等物件理了理,将搭在椅子上的那条羊毛围巾塞了进去。包不大,塞了围巾之后显得鼓鼓囊囊的。

菜上了。第一个菜是炖鱼头,白色的瓷盘里红通通的一片。

"有点辣。入乡随俗,你们适应适应。味道还是相当好的。"家扬说着,之后看了我一眼,"这还是我第一次到这里来看方琳时吃饭的地方啊!"

"你们又来秀恩爱了!"

"恩恩爱爱,火辣辣啊!怪不得都是辣的。"

"哈哈哈……"

"不习惯的话,多喝点王老吉。这里是山区,山区的人饮食都习惯吃辣。"我说着,将站在鱼池子边和客人聊天的服务员喊了过来,让她给我们上四罐王老吉。大林他们又加了两瓶啤酒。

"说到吃辣,我们没问题,阿良不行。哈哈!"大林拍着阿良的肩膀,脸上浮现出揶揄的笑容,"上回他去衢州,听说一整桌子的菜,就只吃了那一盘花生米。"

"你们这些人!"阿良的筷子小心翼翼地探向鱼盘,拨开粘在鱼肉上的几个干辣椒,将位于汤汁上面的一块鱼肉夹了下来,放进了嘴里。

服务员迈着急促的碎步子走到我的身边,将四罐王老吉凉茶放在了一旁的转盘上。我留了一瓶,用纸巾擦了擦拉环处,拉开后倒进了玻璃杯中,轻轻抿了一口,一股带着清淡中药味的甜。说到底,对这种饮料我并不是太喜欢。

每一次和家扬来这里吃饭,我喝的不是果粒橙就是椰子汁。我还记得和家扬第一次在这里吃饭的事。饭店没有果粒橙,家扬走了十几分钟到弄堂尽头的小卖部,把果粒橙替我带到了餐桌上。

我朝家扬望了望。他就在我的身边，几乎紧挨着我，我能闻到他头上发胶的味道。因为热，他脱掉了外套，正和大林碰着杯子。

紧接着上来的几个菜都放了不少的辣椒，连娃娃菜的黄白中也有干辣椒的红色点缀，更不用说那盘鱼头和炒鱼块了，泡椒、干辣椒、鲜辣椒混杂在已经被染红的鱼肉之间，汤汁里浮着一层红色的辣椒油。我们之间弥漫着食物的腾腾热气及辣椒特有的辛香。

阿良要了一杯白开水，将鱼肉在水里涮一涮之后再送到嘴里。他已经辣得不再介意大林他们的取笑了。

这种取笑似乎已经成了一种习惯。每次聚会，大林总是要找机会取笑阿良一番。阿良尽管也会进行言语上的反击，然而大致都是被动接受的。这种时候他没有什么同盟，旁观者总是热衷于这类枯燥日常中的小调剂。

阿良每涮一块鱼肉，总有人要笑一笑。

"你可以不吃的嘛！"

"吃，花了钱的为什么不吃？"

阿良的黑色树脂筷子与玻璃杯碰得"铛铛"响时，大林的手机也响了。他掏出手机的时候朝着众人做了个"嘘"的动作，我们便集体停止了笑和说话。

"啊。我刚到，和同事在吃饭，想吃完饭再给你打电话的……嗯嗯……放心好了……嗯嗯……"

我们安静地夹着菜。家扬和阿良碰了碰杯子。在将杯子举到嘴前时,都用一种饱含意味的眼神望着大林。待大林挂了电话,男人们都忍不住又笑了。阿良又趁机取笑了大林一番。

"你觉得你能瞒得了她吗?你个骗子!"阿良说。

"哎。别说啊,有时候这种事就是能瞒住啊。我以前待的那单位,有一对男女乱搞,搞了很多年。两边都结了婚有了孩子啦,三天两头出去开房。同事都知道了,可他们的家庭也没听说怎么样啊。反正就是瞒住了。"家扬说,用一种刻意的讲故事的语调。

"我可没乱搞男女关系啊。"大林说,"这里最有可能乱搞的肯定不是我嘛。"

或许是觉得空调太热了,大林走了过去,将空调的叶片往上拨了一下,让风吹到了天花板上。

我脱了外套,拿出手机看了看。弟弟回了短信——好的,帮我给爸上炷香。

妈妈怎么样?我打了一行字。兔子呢?——打完这一句我又有些犹豫,最终还是按了发送键。

我等了会,弟弟仍旧没有回信,便不再等了,加入了他们的闲聊。

出了碧波酒楼,路灯已经亮了,我们沿着巷子走到了宽敞的大街上。他们看了看悬挂在街两旁建筑物上的灯箱及霓虹灯带,抽烟的两个点起了烟。大林建议我带他们在附近走走。

"那就去湖滨公园吧,顺便看一看湖,晚上也挺好看的。"我提议。

"行，你决定好了。我们就跟着你走。"大林说，顺手把剔过牙齿的牙签扔进了路边一只橙色垃圾桶。

走到最近的湖滨公园，天就完全暗了下来。湖在我们的右手边，黑沉沉的一片。湖面上没有亮着灯的游船，只有星星点点的灯火，那也许是哪座岛上的。这景象看起来似乎无边无际，不知延伸到哪里。公园很安静，因为冷，连散步的人都很少，有十几个老太太排成几排在跳着广场舞，那阵热烈而又欢快的音乐正四处弥漫着。

阿良走在我的正前方，手里拎着一袋草莓。草莓还剩大半袋，袋口已经系上了。饭后往湖边走来的路上，他在一个三轮小推车便摊上买了一些草莓，非常便宜，它们产自城郊的那些塑料大棚。阿良说晚上的菜辣得他受不了，必须吃点水果。

草莓绿色的花萼沿着阿良的脚步飘然向前，我就跟在一路散落花萼的后面走。水泥路面干净整洁，几乎没有其他的杂物，连一片树叶都没有，除了这些散落在地的草莓花萼。

随后，大林从阿良的袋子里拿了几颗草莓。他将一个绿色的花萼扔进了脚边的垃圾桶。

"把垃圾扔垃圾桶吧，你看这里地上多干净。"大林说。他看了看我。

"嗯。这儿的人很少往地上扔东西的。"我和阿良说，并充满歉意地笑了笑。

阿良有些不好意思。他回头看了看散落了一路的绿色花萼，把正要往外扔的草莓花萼攥在了手里，尴尬地"嘿嘿"笑了两声，开始环顾左右。

"就是嘛，你跑淳城来给我们丢人了。"其余的伙伴开始笑话起他来。

"方琳，你代表淳城人民好好地教育教育他。"大林又说。

我抿了抿嘴，低头笑着，朝前望了望，建议他们在前方沿江的栏杆前看一会儿湖景。

随后，我们从灌木丛内的一条小径拐了过去，阿良则继续往前走了几步，那边有个橙色的垃圾桶。

阿良走到前面的垃圾桶前，将手里的东西扔了进去。随后，他便把敞开的塑料袋口给系上了，拎着那袋没吃完的草莓，走来与我们会合。

我们在一排沿江的栏杆前止步。所有人都靠着白色的石栏杆，看向远处黑黑的湖面。

男人们抽起了烟，聊一些他们感兴趣的话题。比如这里的房价，我们所在的那个沿海小城的房价，以及这几年这个小城极速的变化、高楼、度假村、游艇俱乐部和被出租的岛屿。

我并没太在意他们的谈话。都是些与我无关的事，要么就是些即使在意也无法改变哪怕一丁点的事。其间我拿出手机看了看有没有短信，手机一如既往地沉默安静，我也没继续用它干些什么。我不能和弟弟再说什么，也无法给舅舅打电话。再过一会儿,他就该休息了——老人通常睡得早。或许他一整天都在等我,我至少该给他打个电话说我到了。可我依然在等。他在等我。我还在等。为什么等的是我?这是件多么简单的事情。在最基本、最简单、最日常的事情上也开始变得困难重重,这就是生活的本来面目吗?对于这样的疑虑,我感到了一丝烦躁,便将注意力放在了倾听他们的谈话上,一边听一边看着那片暗黑、巨大而又深远的湖水。它让人想到一片宁静的平原,一片柔软而又厚实的散发着清香的草甸。

"你老家的房子还在吗?"他们聊天的空当,大林问我。

"卖掉了。"我说。

"到了这里却连家都看不到,会觉得很伤心吧?"大林又问。

"怎么会,只是房子卖了而已。"家扬笑着说。

我看了看他,笑了笑。

"怎么会不可惜?"我缓慢地,像是较劲似的说。

阿良停下与小郑正在讲的话,也往我这里看了一眼。这一瞬间,我将所有人都拉入了一种短暂的沉默之中,仿佛扯断了缠绕在我们身上的那一根根蛛网般细小却又紧密的线。

"对了。明天,明天晚上我可能要有别的安排。"对着那片湖水,我将这句话用一种看似随意却并不轻松的语气讲了出来。

第二天依旧是个好天气。我和家扬到旅游码头把阿良他们送上游船之后便开车上山,去给父亲扫墓。那是一条两车道的盘山公路,蜿蜒曲折,不太好开。我始终处于左右摇摆当中,用力抓着副驾驶右边车门顶上的把手。

早饭后,我们就没说什么话。送完阿良他们,我们到碧波酒楼附近的一家香烛店买了香烛、纸钱等祭品,又到路口拐角处的小超市买了黄酒和糕点。做这些事情时,我们不需要有什么交流,这都是轻车熟路的事。即便在这种带着些许沉郁的气氛中,我们在这样的事情上仍旧配合默契,不会遗漏掉什么物品,连斟酒用的一次性酒杯,都在吃早餐的时候向店家讨来了。

昨晚,我们在宾馆的房间里经历了一次不小的争吵。他认为我不能不和他商量就直接和他的朋友们讲了这样一个安排。可我并没有说"安排"。我只是说"可能",我得处理一下我个人的事情。我甚至都没有和他们提舅舅二字。我认为他们并不会介意。如果家扬不愿意,我完全可以自己一个人去舅舅那里。

可家扬让我等,等第二天看时机。他期待那种自然而然的契机,但这种契机似乎永远都不会出现。他说我沉不住气,我们有的是时间,为什么第一天就要说出来呢?如果第二天他们玩累了玩得不耐烦了,想待在宾馆休息了,你当然可以想干吗就干吗了,你有事情干这对他们来说就成了一件好事,而不是意外。

对,他说的对。所有的事情都必须落进精准无差的瓶口。是落进,而不是扔进。然后,听着它发出清脆悦耳的敲击声。

"你永远都是这样。"我和他说。

"你永远都是这样。你的道理就是你的道理。你让我等,我等,一言不发地等。我等到母亲跑去找我弟弟了,也没等到合适的时机让她到我这里来。我等到怀完孕、生完孩子,我母亲年纪大了不适合看孩子,你说你妈身体健康、做事麻利让她来,这都对。你的都对,包括你的坚持、你的完美、你的细枝末节。"

"可你不要再在这样的小事上逼我了。"

"好的。不逼你,随你吧!"

他说随我吧!

事情会在我的理智之下悄悄变化,天平依旧会倾向他的那一侧。他明白。我不可能抡起不锈钢烧水壶把宾馆玄关处的镜子给砸了,卫生间的也不会。它还是好端端地在它的黑黑的圆圆底座上待着,里面灌满了水,水还没烧。

我按下那个半透明的塑料按钮,红色的指示灯亮起,水壶发出嘶嘶声。我感觉到口渴。

刚烧好的水很烫,我倒了一玻璃杯凉在那里,忍受着渴,看着它不停上升的白色蒸汽。

我以为,我会在那间有着两张旧弹簧床垫的宾馆标准间失眠。可事实上我睡得很好,除了陷入一段混乱而又冗长的梦,梦醒后就是早晨。我们像一对没有吵过架的夫妻那样手拉手,和他的朋友们一起去吃了早餐。白米粥、煎玉米饼、油条、包子,味道真不错。

车子在山道上匀速上行。家扬开车的时候,表情带着一种严谨的专注,有时候会转过头来看看我。如果我和他说话,他也一样会专心地回答,只要我不和他讨论令他烦心的问题。如果没有外人,他还会伸出手来握一握我的手,然后把手放到该放的地方——方向盘,或是汽车挡位上。

阳光透过道路两旁的树丛照在他的脸上。那是冬日里清透无比的日光。他始终盯着路的前方,在狭窄的山路上避让迎面而来的车辆。这辆不知从哪借来的别克商务车或许令他感到陌生。那只带流苏的浅紫和草绿相间的琉璃风铃,在他右上方不住地摇晃着。

车子开到山顶后,我们把车停在了墓园入口处的空旷地面上。墓园的管理员是个上了年纪的老人,他从那间灰白色的小屋中探出头来看了看我们,没说话,便又进去了。整个墓地很安静,看起来只有我和家扬两个人。我们沿着石阶往下走,曲折迂回。这里像是没有标识的道路,有很多的岔路口,让人不知走哪一条。我退到了家扬的后面,一路紧跟着他,跟到了父亲的墓前。

家扬蹲下身,将装在红色大塑料袋里的东西一样样拿出来摆放好,有纸钱、祭品、香、打火机等物件。他摆好杯子,让我倒酒。一次性的塑料杯子很轻薄,在风的作用下,摇摇晃晃很不稳当。倒入黄酒后,杯子才终于安定下来,呈琥珀色的杯身在太阳下闪着光。

我蹲在父亲的墓碑前,轻轻叫了声"爸爸"。我拿着香拜祭的时候,始终像个不会表达的羞涩少女。家扬像父亲仍在时那样,和他说了几句问候的话,拜祭好,便立在一旁等我。他站了一会儿,就从墓前小道跳下到一旁的菜地里,徒手在一株包心菜的根部挖了一捧土。他捧着土，费力地再度爬上高及大腿的墓道，将那捧泥土添在了坟头上。

他在菜地弄土的时候，香灰掉到了我的手上，有点烫。我甩了甩手，将香插好，用另一只手揉了揉被烫红的那一小块皮肤——绿豆那么大的一点。我想到了弟弟，又点了一炷香，拜了拜，替他插在那个深褐色粗陶制的小香炉中。

从墓园出来的时候，我并不知道接下来的目的地是哪里。车子朝着山下的小城开去。如果昨晚没有那场争吵，那么或许我们可以心平气和地讨论一下今天的行程。不要吵架，我们好好谈谈——我们谁也没有说过这样的话。其实在任何一场战争结束之前，都没有人往那些跃起的红色火舌中喷什么灭火的泡沫或干粉。连水也没有。或许我们不够理智？不，我们很理智。我们知道在争吵之后，事情依旧要朝着原本该去的方向发展。我们依然要肩并肩地前行，去吃饭，去扫墓，去游玩，去往前方某个已知或是未知的目的地。不可能后退，也没有什么事会真正停下来。

"去中医院看看吧！"家扬用他那一直以来都十分动听、饱含磁性的男中音说道。他没有看我。

"好！"我看了他一眼，调整了坐姿，拉了拉安全带——它一刻不停地蹭着我的锁骨。

我们得去找虫子。

那该死的虫子。这一刻我才明白我是如何地讨厌它。我不想让斌斌碰那个玩意儿，就像我上大学时跟着同学去吃烤串，不论他们如何地游说,我也不会去吃他们推荐的蚕蛹。"没有哪种肉的味道能比得了它。烤蚕蛹啊!你不尝一尝怎么知道?"他们说。"不要。"我很坚定。那些被穿在不锈钢扦子上的蛹,因高温烤制而爆裂的深褐色或暗黑表皮内露出的白色的肉,原始生物般的道道横纹上撒满了调味料,沾满红色的辣椒粉、灰绿色的孜然粉以及白色的芝麻粒。

中医院迁址了。门口那道坡度并不平缓的高高石阶仍旧在,宽阔的台阶两旁依然摆着热闹的地摊。只不过在卖着衣服鞋子、金鱼、芝麻核桃粉、笋干木耳的摊贩中,没有之前那个守着一堆树段段的瘦高中年男人的身影。

我们问路边卖笋干的摊贩中医院搬到什么地方去了。那个牙齿剩了没几颗的老人告诉我们,医院搬到县城的西边了。"那里地方很大,这里太小了。"她说,"不过看病没以前那么方便了。""你们要去看病?"她问我们。

"我们不看病。我们想买那种虫子。"

"虫子?"她充满疑惑地看向我。

"就是一种长在树段段里的米白色肉虫子,听说可以补身体的。"

"不知道喽!"

"以前有个男的,瘦高个子,他在这里摆摊卖过。"

"那个虫子我知道的,是有人当补药在吃的。那个男的现在不来这里了。"隔壁摊卖芝麻核桃粉的大妈说。

"有他的联系方式吗?这里摆摊的有没有人有他的电话?"

"电话啊！你等下去问一问那个卖金鱼的吧，他们认识的。"卖芝麻核桃粉的大妈朝着这段台阶的底部指了指。

"那个摊摆了很多年。我上大学时还在那买过彩蛋，就是放在鱼缸底部的那种，玻璃做的。"我说。

家扬看了看我，向卖芝麻核桃粉的大妈道谢。我说了一句无关紧要的话。什么彩蛋？彩蛋和虫子有什么关系？要紧的是那个卖虫子的人有了下落。

卖芝麻核桃粉的大妈开始向他推销她的芝麻核桃粉。

芝麻是炒熟了现磨的，她指了指她手边的小石磨。核桃也是现砸现挑的。野生核桃，只有这里才有的。别的地方的核桃和我们这里不一样。她的普通话很不标准，带着重重的上扬的尾音，但每一句都清清楚楚地进到了我们的耳朵里。

卖笋干的老人也开始推销她的笋干。她把装生笋干的自封袋打开，拿出两块举到我们面前，让我们看一看它灰白色身体上清晰的纹路。

"你要不要？"家扬冲着我笑。对于这种推销他向来都不会犹豫。他不会把这些东西买来送给他的母亲。它们没有精致的包装，连包装也谈不上，只有一个粗陋的自封塑料袋，没有出厂日期，没有保质期。

他等着我去拒绝她们。他微微一笑，然后我拒绝："不要！"

可她们刚刚给我们提供了热情的帮助。我了解这一条街上的摊贩 —— 他们大多年纪比较大，他们比景点附近以及大街上那些卖旅游纪念品、土特产的商贩要淳朴得多。

我和她们说我们等会再来,先去找虫子。

我想起来了,那个叫斗米虫。可想起名字,也是一件无关紧要的事。

"我们还得待两天,走之前再来买。会来的。"家扬和她们说。

我的脸上浮现出淡淡的笑。不管我愿不愿意,在一些事情上,我们就是同谋。这种同谋时时刻刻都存在,不动声色地隐藏于我们每时每刻的呼吸之中。想想我们是怎么结为夫妻的。为何是我们,而不是大街上随便擦身而过的 A 或者 B。即使我们一前一后地随意走在这条人群密布的热闹石阶上,混迹于淳城的男女老少之中,我们似乎也迈着频率相似的步伐,如此清清楚楚平平淡淡地存在于彼此的视线之中。

卖金鱼的摊贩吃饭去了。替他看店的隔壁炒货店店主让我们等会再来,于是,我们也找了附近一家做手擀面的面馆吃饭。我们每人点了一碗面。在店老板将面端上来之前,我们几乎没说什么话。家扬在看手机,面向店门的我则看着从这家小面店前经过的车辆。都是些普通的家用轿车,银色、黑色、红色或是蓝色的,"唰唰唰"地从我眼前开过。

面上来的时候,家扬将他碗里的红烧牛肉块夹了两块放到我的碗里。我们已经像没有经历过任何争吵的平常夫妻那样了,都无比期盼着金鱼店的老板能联系得上那个卖虫子的。我们谁都不想再去别的什么地方找那些东西了。

稍后，老板将两个煎好的荷包蛋端了上来。一个全熟，一个半熟。我夹走了那只半熟的蛋，蛋黄在竹筷的力道下很快破了，白瓷盘上留下了一些黏糊糊的蛋液。

面吃了一半的时候，阿良打来了电话，说是玩得差不多了，正在船上吃午饭，不久后就打算上岸返程了。他们打算来找我们。

"他们玩了一上午，说是累了。"

"怎么这么容易累？"

"他们就是这么说的。可能是昨晚没休息好吧。"家扬一口咬下了半个蛋，荷包蛋的香气散溢开来。

"蛋不错，面也不错。下回再来。"

"嗯。"我挑起一缕面，却又不想吃了。面条很筋道，汤汁也是我喜欢的清淡口味，包括浇头、榨菜肉丝也是我喜欢的，以及刚刚咽进肚里松软可口的半熟煎蛋。

我饱了，开始望向小店折叠起的防雨棚连接的那个天空。店位于一段上坡的马路沿上。那段路之下是一个建了有四五年之久的住宅小区。出了店门，便可以看见那些位于马路之下的红色楼顶。

"你再坐会吧，休息休息。不急。"

"你现在倒不急了。"我说。

"没什么好急的。出来玩，搞得跟赶场子一样。"

急也没有用的。如果他这么说，我会给他一个会意的笑容。说不定我还会继续吃几口面，和他讨论一下手擀面的做法。如果他再说句那你回家做做看呗,我就会说好的。

我的心思不在那些在汤汁里慢慢发涨的面条上了。

"上午爸爸那里去过了,替你上了香。"我给弟弟发了条短信。

发完短信,我将手机放回了包里。我不期待他会回复我什么。昨晚的那条短信他也没有回我。或许他不知道该回复什么。这有什么好说的呢?对于母亲,我们都了解的母亲,我们能说什么?除非我去看他们。我坐在他们花费了全部财产购置的那套二手房的客厅里,我们可以好好地聊一聊他们的生活:在哪里买菜——如果愿意,我可以跟着一起去,在哪个公园可以散步,母亲的头发是不是该理一理了,该给她搞个什么发型为好,诸如此类。我们可以平实而又开心地谈论这些,避开那些时不时以死相逼的可怜的宠物。弟弟也会在我面前露出难得的笑容。他说不定还会下厨烧两个菜。那个在高中时期总是时不时地想出油条、鸡蛋炒方便面的男孩如今也只有我来了才会破例下厨,拿起那根久违了的手感滑腻腻的锅铲。

但现如今,在这通过基站传输的只言片语里,一切都是徒劳的。

我看着家扬一点一点将面条全部捞干净。他连汤都喝完了。之后,我们走到金鱼店,顺利地联系到了那个卖斗米虫的人。只不过,他说他今年冬天没有上山,没有虫子可卖。他也不知道别处是不是有人在卖这个。

"你还打算去找吗?"我有些幸灾乐祸地看着家扬。

家扬看着我。金鱼店老板看着我们。

"再说吧!"

"又再说。你妈要的……不打算再找找看吗?"我双手环抱在胸前,换了一种更为认真的语气问他。

他没回答我,绕开一个刚进门的年轻女人大步走出了金鱼店。

在很长一段时间里,我把弟弟当成了我的同盟。这似乎是与生俱来的。从我记事起,我就有了弟弟。我不记得任何没有弟弟的时光。那些时候,我应该是独自享受着父母的宠爱。他们抱我,喂我吃东西,牵着我的手走在门前的母鸡群里。但我全不记得了。我想,我最早的记忆应该是母亲用一根长长的带子——那是什么颜色的?米白色?——围着弟弟的腰,拉着他学步,父亲在弟弟前面拍着手,我在某个角落里看着他们三个。

那是我的弟弟。这种感觉比那是我的妈妈,或者那是我的爸爸要强烈得多。我知道那个孩子将会是我的同盟。我们一起玩耍,一起分食物,一起向父母隐瞒我们的秘密,一起去找别的伙伴或是不理别的伙伴。他的确是个好同盟。大部分时候,他不会连哭带叫地与我抢食物和玩具,而且听我的话。过家家的时候,我让他扮什么,他就会尽力去扮。他擅长扮演大树和带小钩刺的荆棘丛——我从他身边走过时,他就用他的小手指钩戳我的衣服,然后我"哇哇"地叫。其实一点都不痛,但我得表现得很痛。因为那是一场对我们来说非常重要的表演,观众也只有我们彼此。我们靠它打发时间,获得乐趣。他不太擅长扮演教师、医生，还有水果小贩，尤其是水果小贩。他如果真到大街上卖东西，肯定一颗果子也卖不出去。有时候我会生气。于是把那些道具——真正的水果，占为己有，作为对他的惩罚。这时候他才会哭。等他眼泪流得差不多的时候，我又把属于他的那一份还给他。

后来，他对扮演士兵感兴趣。这是他唯一演得比我好的角色。他像电影里的战士一样勇敢，在和别的孩子打仗时也一样。他做的木剑很漂亮，送了一把给我。我在剑柄上挂了一根红绸，当成宝贝收藏。他还会做枪。所有玩打仗游戏的孩子都喜欢他用报纸做的枪，有一段时间真是供不应求。

一起玩耍一起上学的日子里，我从没想过我会失去这个同盟。我没想过我是爱他的。我爱他吗？当然，那是我的弟弟。如果现在有人问我，我或许会这么回答，虽然我们连并排走在路上的机会都很少了。

我，还有他，并排走在路上的时候，在我们的前方，或是后方，会有我们的母亲。有时候我们三个并排，有时候是我和弟弟，有时候是我和母亲。在 S 城的时候，总是这样。这挺自然的，任谁看了都不会觉得不妥。我们这样去饭馆吃饭，去菜场买菜，或者去商场逛上一圈。我们每一个人都得提醒母亲小心那些自动扶梯，即使我们的手挽着她的手。没错，我们也还是同盟。只不过，我们谁也没想过要刻意地把这种关系变得更紧密一些，就像小时候那样。

我甚至不知道他有过几个女朋友。他从没告诉过我。如果我不问，我连他在 S 城的女友也不会认识。我和她见了一面，是弟弟主动安排的，母亲不在场。当然，母亲不知道，更不认识他的女友。我们三个人在一家商场顶楼的餐厅吃了一顿饭。那还是去年的事。圣诞节的前一天，满大街都是红色和绿色还有白色的圣诞装饰。他的女朋友很美，比我想象中的要美得多，穿着高跟鞋看上去比他还要高一点，让我有一种她不久之后就会离开我弟弟的感觉。他是个多普通的男孩呢？可能她不这么想。他是她心中的那种男人。他起身上洗手间的时候，她也会站起来，和他一起去。然后两人一同回来。他们不会单独把谁留在那个位置上——我对面的那个。

我不太问起他女朋友的事。你们怎么样啦？这话我不会问。我等着他什么时候告诉我。但他不太说这样的事。这有什么好说的呢？他肯定这么想。我怕听到什么分手的消息。这会是件伤心的事。我们谁都怕接受令人伤心的事实——不论是分手，还是母亲养的动物死掉了。

我们在旅游码头附近的市场找斗米虫时，弟弟给我打了个电话。我没听到。市场实在是太吵了。我们在市场内以及周围当地农民临时摆的摊点中费心寻找，在那堆笋干、栗子、山核桃、辣椒酱中，没有发现我们需要的树段段。这让我整个人感觉昏昏沉沉的。后来弟弟给我发了条短信。我们离开市场，上车去往旅游码头的时候，我看到了。斌斌那甜蜜天真的笑容的右上角,蓝色棒球帽的上方,提示有未读信息。

"兔子死掉了。"他说。

几分钟后,我们接到了阿良他们。他们正站在码头边花坛里一株缀满粉色花苞的梅花树前抽烟。

阿良朝我们招了招手,大林冲着我们笑了笑。他们什么话也没说。没说玩得怎么样,也没问我们事情是否顺利——这没什么要问的,只是扫墓。

接下来干吗——我觉得应该有人会问这么一句话。可是没有。家扬的鞋带松了,他蹲下来去系鞋带。那双骆驼牌休闲皮鞋,是去年他生日时我送他的礼物。他用手指掸去沾在鞋子侧面的一个不知从哪蹭来的褐色附着物——可能是刚才在市场时弄到的,松开了鞋带,得重新连续打两个结。那种一次成型的绳结他不会,我曾教过他,他试两次嫌麻烦就放弃了。

家扬起身的时候,小郑指着阿良说:"他们打算今天就回去了。"

"我只请了一天假。要是觉得好玩,就打电话再请一天。也没说一定要回去。要走是大林的意思。"阿良说。

"怎么推到我身上了呢!我们都请了两天假,就阿良请了一天,不知怎么搞的。"大林说。

"是你自己老婆催着你回去呀!"

"我不是说出差嘛,不能说去玩。昨晚电话里和她讲好了的。"

"阿良嘛,晚上没睡好,上午给家里打电话时,顺道和老婆抱怨说是大林的呼噜吵到他了。大林老婆去菜场买菜时碰上了阿良老婆。你们晓得的,就这样啦!"小郑说。

"那你们要怎么样?不玩了?"家扬问。

"差不多了吧。岛上就这样子,反正景点也和别的地方差不多,都是人造的嘛。"

"主要是累了,昨晚都没睡好。"

"那房间空调有点吵,还朝马路。"

"床垫旧了,睡得腰疼。"

没睡好。宾馆的问题。对,房间太一般了。他们最后把问题都归结到宾馆上。

"早知道就找个档次高一点的宾馆。"家扬说,"你们怎么打算,晚上换个宾馆,还是要回去?"

没人回答,或是没人那么快回答。

大林看了我一眼。我转过身,走了两步,站到梅花树下的石沿上,蹲下来发短信。

那只手机自上车起就一直被我握在了手里,带着我手心的温度,甚至有些发烫,因为我的手汗而显得黏糊糊的。

"她情绪怎么样?你们还在吵?"

"吵。她说是我把她兔子弄死的。不讲道理。她什么时候都这么不讲道理。"

"消消气。老人家就是这样。等会儿我劝劝她。"

"嗯。我先出去了,到外面走走。她还在说。再弄下去我都要疯了。"

"去吧！走走,或者喝杯东西,不要上火。"

一缕烟味毫无顾忌地钻进了我的鼻孔,我下意识地咳了一声。我感觉有人看向我。不是家扬,是大林。他似乎有些不好意思,看看我,想说些什么,嘴唇动了动,却最终什么也没说,侧了侧身,鼻孔里喷出的青烟随着风吹到了另一个方向。

"你们慢慢商量,我先去打个电话。"我对着阿良说,然后看了家扬一眼。他的眼神之中带了些许的烦躁,除了烦躁,再没有什么我可以领会的内容了。

离开他们是对的。这个时候我需要冷静。如果可以,我愿意到湖里去洗个澡。但我不会游泳。况且,湖水冰凉透顶。这是冬天。

"对,你的兔子可能是冻死的。你没开空调对吧?为了省电没开空调。"我这么和母亲说,站在码头空无一人的售票大厅里。一个年轻的工作人员,那个绑了个马尾辫的秀气姑娘正在玩手机。

"不是,不是冻死的。怎么会冻死呢?你哪里听说过兔子会在家里冻死的。它有毛,那毛厚厚的。它昨天还好好的啊！就待在房间里,我房间里。晚上去过一次客厅。你弟说了。我又把它拎回房间的。一早起来我就买菜去了,也没留意。等我回来,它就死了。是你弟说的。他先看到的,和我说,说你的兔子死了。我的兔子。我觉得他还挺高兴的。"

"不可能,他不会。"

"会。他心里高兴,只是嘴上没说。"

"但你不能说是他弄死的。说不定是吃坏东西了?"

"东西没问题。我前天也是给它吃这些的。菜场买来的新鲜的菜,一半给它吃,一半炒了我们自己吃。它喜欢吃莴笋叶,嫩嫩的那种,这两天都是吃这个。"

我出了售票大厅,绕到了后面沿湖的护栏边,看着停泊在码头的船只。一队队排列整齐的白色游船,随着波浪微微地起伏。阳光不知什么时候隐落了,湖水在远处起伏如巨兽般的山间散发着蒙蒙雾气。

母亲从不承认是自己的问题。而且,她的记忆是有偏差的。她会忘记自己喂过她的宠物,而又去喂一遍。她那只兔子又是个不知饥饱只会不停大啖美味莴笋叶的家伙。天知道她还会喂给它吃别的什么,或许她自己日常在吃的保健药片也会递给它两粒,什么左归丸、逍遥丸之类的。

"弟弟不会的。他对你那么好。这么长时间了,不都是他在照顾你吗!"

"他脾气太坏了,发起火来很吓人的,刚刚还和我吵,那声音大得来……"

"你不要惹他嘛。"

"他原来就打算把兔子扔了。他说的,说要把兔子扔了。"

"他说的是气话。"

"反正我是不要和他待一起了。"

"那你去哪里?"

"去哪里?你也问我去哪里?我是没地方可去吗?房子卖了没地方可去?"

"你要来我这?"

"算了……我没地方啦……"

她说没地方。她总是这么说,和弟弟闹矛盾就会说她已经没地方可去了。她会问我:"你说我可以去什么地方呢?我能去哪里?"她或许是想来我这里——想,还是想过?但她从没有这么告诉过我。她或许早就看出了我的犹豫,也早就对我失去了信心。她只是不说。可是她又会借此和弟弟闹得更厉害——是这样的吗?这是对他的不满抑或是对我的,对我们。她当然有权利这么做。在这个世界上,没有人比她更有权利,即便她已经失去了她曾经所拥有的那些——那些身处女人巅峰时期所拥有的一切。

"不要再和弟弟吵了好吗,听他的话。"

"和他在一起,我养什么都会死。他不喜欢。"

我们又回到了这个问题。讨论这类问题就像是玩捉迷藏,母亲从不愿面对那些我自认为看到然后揪出来的问题。她会和我绕,绕到我自己放弃。她是高手,而我不是。

"这日子没法过,做什么他都不高兴。他不高兴,不喜欢。"

"不喜欢。"我用鼻音笑了两声。而母亲似乎又要陷入新一轮的自言自语,陈述那些我已听了无数遍的她所认定的事实。

"不喜欢。他不喜欢和你养的东西会死没关系！你知道吗？这是两码事，两码事。再小心也会死。连人都要死啊！"

我想我是喊了。我想把我心里的话说出来，想让她不要再为这些事情让我们操心。我们的生活已经够多繁杂的事情了。我想说她根本不适合养任何动物。我之前那些云淡风轻、循循善诱的话都不管用。

"你为什么不能安安心心地做些不费神的事呢？"

手机里传来母亲的啜泣声。我不再说了，在码头上踱着步子，听着电话那头母亲窸窸窣窣的声音。湖中吹来的风冷冰冰的。

我感觉有点冷。如果母亲没有开空调，那么那间放了电话机的小厅也依然是冷的。我不知道她要哭多久。可能她早就想哭了。她的兔子死了。不是吗？

或许，她做什么都不能避开死亡这个话题。小动物会死，花花草草也会死，菜场买来的活鱼会在下锅之前死——不，她现在已经不宰鱼了，她让卖鱼的把鱼杀好，装进黑色塑胶袋。

我能说些什么？安慰的话并没有什么用，后悔的话……我为自己的行为后悔了吗，还是我的态度？我似乎只是屏足了气，一下子跳过了那个河沟。

可能我没跳过。也可能，根本没什么河沟。我面前是个湖，闪烁着，巨大而迷人的水域。

"我等下要去舅舅那里，你有什么要和他说的吗？"我重新打起精神，用一种略为轻松的语气和母亲说。

"舅舅。哥哥。"母亲重复着。她的啜泣声渐止,似乎看到了那个人,正走向她。而她也用手擦去眼泪,抬起头来迎向他。

她沉默了一会儿,似乎在调整自己的情绪,想着要和对方说点什么。我能感受到她的注视,那双曾经饱含神采的大眼睛。

"大哥。"电话那头传来一阵低低的笑声。

"我祝他身体健康、万事如意,祝他长命百岁、生活安泰。"母亲用一种奇怪的犹如朗诵腔一般的声音念了这么一段悼词一般的祝福语。

我有些怔怔的,不知该如何接话。

"我祝他身体健康、万事如意,祝他长命百岁、生活安泰。"她又重复了一遍。

"好,好的。"我说,我听见了来自喉管的吞咽声。我应该再说些什么吗?我想不起该说些什么。说妈妈我爱你。或者也说句祝福的话。又或者什么都不说才是好。除非,我的声音可以遁入那个秘密通道进到她的世界,替我给她一些安慰,替我去了解那些我之前未能明白的那些话的含义,然后,将她带到我的面前。我们可以来个真正的拥抱,带着甜蜜、温情、一缕衰败气息和我们各自体味的拥抱。

我回到了之前的地方,那棵梅花树下。家扬他们已经离开。他们正靠着左前方五十米处的护栏,对着碧蓝色的湖面,说着什么。

他们的姿态悠闲,或站或靠,像某种披着深色羽毛身材修长的水鸟。黑、深灰、藏青。我仔仔细细地看着他们的背影,就好像第一次才认识他们。

水鸟们爆发出一阵调侃式的笑声。那一刻,风暂时静止,我的脸庞不再感到如芦苇叶片划过般的刺痛。我从背包外层的袋中拿出润唇膏抹了一点。

在那股清新的橘子香味中,风自湖的方向猛然吹来,在我耳边发出"呼呼"的声响。我像接受命令一般回了头,悄无声息地远离了那片蓝宝石一般靓丽迷人的湖面。

(首发于《野草》2017年第6期)

后　记

2019年挺特殊的。春暖花开的三月,我办了个人画展。开幕式是3月15日下午,太阳很好,温度也可以让我大胆地把打底衣、打底袜脱了——张玲玲说,你穿着这些出席开幕式,简直折损了女人的尊严。

在首席化妆师张玲玲的妙手之下,我美美地站到话筒前致了辞,感谢了一大堆人。前一天才改好、一遍都没读过的稿子,我一个字都没磕巴。开幕式是网络直播的。我没给我的化妆师丢人。自我感觉良好,没怯场,这太令我惊奇了。我还从没有在任何公开发言的场合下不怯场。

下面站的都是我文学上的良师益友。

赵挺开玩笑说,你办个画展,怎么来的都是作家,半个美术界的人都没有?我说,对啊,笑死人了是吧?让我高兴的是,我的作家朋友们都喜欢我的画。还有小朋友们。在图书馆展览厅持续三周的画展,吸引了很多学生来看。那个色彩斑斓又充满童趣的世界,更适合他们。

有观众提出疑问,怎么有好多张画是2019年画的?言下之意,我为了这个展览刻意去赶画稿。的确是赶画稿,不过不是为了画展,而是为了这本书。书稿交到编辑手上后不久,我便想，是否可以画一些画呢，为了这本小说集？为自己的书配插图——这可真不错，能让画画的我和写作的我心有灵犀一回。这想法让我有点兴奋。那时，我的画画还处于休眠期。有了二宝之后，三年没碰过画笔。今年年初决定办画展之后，我便画了那几张与小说有关的画。我最喜欢的那幅《大鸟》就是为小说《迁徙》而作的，是4开的丙烯画。后来做了个1.5米×1.1米的放大复制品，与原作同时展出。

一个很小的女孩，和一只巨大的鸟——这个比例完全脱离了生活的常态。

人们谈起这点时，我想到了我的小说。在小说里，人物被缩小了。而另一些静物、动物、植物，这些配角却被放大了。被缩小的和被放大的同时在小说框架里形成一个新的动态平衡。有点意思，这可以让我持续不断地去写，去找寻新的动态平衡。和生活密切相关，却又不那么一样，可以琐碎，可以无聊，可以很日常。我很喜欢日常的东西。我的空间和时间在日常事务的陪伴下被放大，变得更有容量，能容纳更多的东西，也包括那个并不是太稳定的自我。

我的生活很庸常——朝九晚五的工作、丈夫、两个孩子、公公婆婆。我每天和他们在一起。我是单位的普通员工，也是一位家庭主妇。这些天，我总是忘记一件事：早晨去上班时把家里的花瓶带来，将那束朋友在画展上送我的粉色、白色满天星插上。从周一到周五，没有一天记住了。我走进办公室，和同事说的第一句话就是:哎呀,我又忘记带花瓶了。他们笑笑,有时候微笑,有时候大笑,然后低头不语。每个早晨就像是在打仗,我的脑子不适合在这种战况下记住具体的事情。同事建议:上个闹钟吧,上面标注"带花瓶"。这个主意不错。不过我不想用。我等着我什么时候记住它,把它带上。满天星就是这点好,新鲜的时候美,变成干花后,也依然美。

朋友选的花可真不错,同时保留女人和女孩的特征。我想起了这部中篇小说集的主角们,全是这样的女人(孩)。

四个中篇小说,两两对应,《迁徙》和《归巢》是小女孩视角,《沉默的花园》和《波光粼粼》是成年女性视角。《迁徙》和《归巢》的故事都发生在一个叫多马林的小镇,两位性格迥异的女主人公在与周遭事物的互动中完成了对世界的认知。而《沉默的花园》和《波光粼粼》则互为姐妹篇,探索的是成年女性的内心版图,以及面对"蓝宝石一般靓丽迷人"表象的生活幽暗的内部,那种不可抗拒的腐蚀力量的态度。

那种"永远的女孩",同时具备少女和成熟女人的气质,青春、智慧、勇气,永远不会老,充满力量。我喜欢这样的姑娘。

很多时候,写什么样的小说和成为什么样的人其实是一回事。

很好奇,我最终会成为一个什么样的人。

西维
2019 年 4 月